瑞昌
"铁肩膀"

瑞昌"铁肩膀"编写组　编写

百花洲文艺出版社
BAIHUAZHOU LITERATURE AND ART PRESS

图书在版编目（CIP）数据

瑞昌"铁肩膀" / 瑞昌"铁肩膀"编写组编写. — 南昌：百花洲
文艺出版社, 2023.6（2024.11重印）
ISBN 978-7-5500-4021-2

Ⅰ.①瑞… Ⅱ.①瑞… Ⅲ.①纪实文学 – 中国 – 当代 Ⅳ.①I25

中国版本图书馆CIP数据核字(2022)第215751号

瑞昌"铁肩膀"
RUICHANG "TIE JIANBANG"

瑞昌"铁肩膀"编写组　编写

出 版 人	陈　波	
责任编辑	余　茳　周　晓	
封面设计	方　方	
内文设计	周璐敏	
出版发行	百花洲文艺出版社	
社　　址	南昌市红谷滩区世贸路898号博能中心一期A座20楼	
邮　　编	330038	
经　　销	全国新华书店	
印　　刷	江西千叶彩印有限公司	
开　　本	787 mm × 1092 mm 1/16	印张 14.75
版　　次	2023年6月第1版	
印　　次	2024年11月第2次印刷	
字　　数	210千字	
书　　号	ISBN 978-7-5500-4021-2	
定　　价	38.00元	

赣版权登字 05-2022-233
版权所有，侵权必究

邮购联系　0791-86895109
网　址　http://www.bhzwy.com
图书若有印装错误，影响阅读，可与承印厂联系调换。

目 录

铁肩担大义　实干谱新篇

——《瑞昌"铁肩膀"》序

奋斗的故事，最可打动人；精神的力量，最能鼓舞人。

二十世纪五六十年代，面对荒瘠的土地和贫穷的面貌，以胡华先为代表的瑞昌大桥人立下愚公志，凭着"一根扁担，两个肩膀"，挑湖草、捞湖泥，垦荒山、治涝田，开启了筚路蓝缕，艰苦非凡的创业历程，成为闻名全国的"铁肩膀人"。

"铁肩膀人"留给脚下的热土，是一段珍贵的历史记忆，一笔宝贵的精神财富，一座可贵的岁月丰碑，其主要内涵可概括为"担当实干、开拓创新、扎根基层、甘于奉献"。"铁肩膀人"拓荒牛般的精神品质，是与市第八次党代会上提出的"十六字"发展思路一脉相承、融会贯通的。换届以来，全市上下铆足了闯劲、拼劲、韧劲，大兴实干之风，满怀争先之志，在工业发展、乡村振兴、基层治理等领域创业、立业，唱响了发展"好声音"。瑞昌土地集约利用获国务院通报表彰和政策激励，获评全省高质量发展综合绩效先进县（市、区），在全省新一轮营商环境评价工作中位列一百个县（市、区）第一，在九江市县域经济高质量发展现场推进活动中位列全市第一。光灿灿的奖牌背后，是无数默默耕耘的身影和孜孜前行的脚步。

观古能知今，留志可资治。在举国上下深入学习贯彻党的二十大精神之际，《瑞昌"铁肩膀"》图书的问世，可谓躬逢其盛，恰逢其时。书中既还原了"铁肩膀人"的创业史，又展现了新时代瑞昌的"群英谱"，那一个个熠熠生辉的人物形象，一个个斗志昂扬的励志故事，让人铭记、令人感怀、催人奋进。《瑞昌"铁肩膀"》，是值得全市党员干部认真学习的优秀读物。

创业道路，不可"躺平"，更无"躺赢"。今天的瑞昌，正在全面推进现代化建设道路上大步迈进，需要始终保持创业的心态、耕耘的姿态、奋斗的状态，人人练就"铁肩膀"，个个展现"铁担当"，同心向前、携手并进，共同谱绘瑞昌发展的华章，书写更加美好的未来！

是为序。

2022 年 12 月 6 日

担当实干　开拓创新
扎根基层　甘于奉献

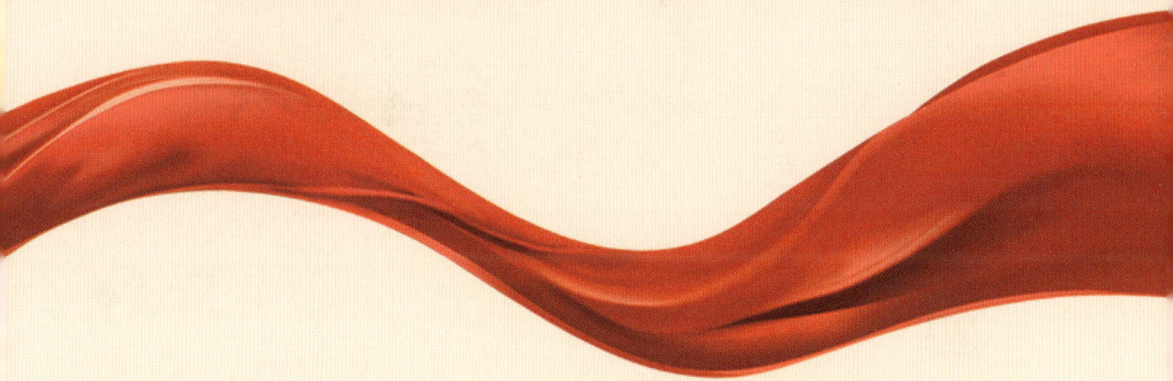

瑞昌市概略图

湖北省武穴市
下巢湖
码头镇
黄金乡
夏畈铜源剪影文化园
夏畈镇
武蛟乡
大桥村
柴桑区
赤湖
铜岭铜矿遗址
南阳乡
白杨镇
湖北省阳新县
横立山乡
江家岭水库
瑞昌市苏维埃革命纪念馆
洪一乡
安定湖
瑞昌市
大德山林场
洪下乡
高丰镇
湖北省阳新县
肇陈镇
花园乡
青山林场
建坪鄂赣边区大会会址
红桥水库
青山森林公园
柴桑区
范镇
乐园乡
横港镇
峨眉溶洞群
武宁县
南义镇
梅山
德安县

◎ 中共瑞昌市委组织部部分老党员在"铁肩膀"纪念馆重温入党誓词

◎ 繁忙的康佳智能制造车间

◎ 瑞昌山药在农博会展销

◎ 国家级非遗传承人刘诗英在传授瑞昌剪纸技艺

◎ 繁忙的瑞昌金丝港码头

◎ 杭瑞高速和武九客运专线穿境而过

⊙ 和美光明村一角

⊙ 洪下蜈蚣山风力发电机群

⊙ 瑞昌市行政大楼

⊙ 高速列车途经瑞昌西站

⊙ 武蛟乡在油菜花节举行"马拉松"比赛

⊙ 瑞昌市城南夜景

第一编

"铁肩膀"改变了山河面貌

你们有三种长处，起了三个作用。第一个，带头作用。这就是因为你们特别努力，有许多创造，你们的工作成了一般人的模范，提高了工作标准，引起了大家向你们学习。第二个，骨干作用。你们的大多数现在还不是干部，但是你们已经是群众中的骨干，群众中的核心，有了你们，工作就好推动了。到了将来，你们可能成为干部，你们现在是干部的后备军。第三个，桥梁作用。你们是上面的领导人员和下面的广大群众之间的桥梁，群众的意见经过你们传上来，上面的意见经过你们传下去。

——毛泽东

瑞昌市，江西省辖县级市，位于江西省北部，九江市西部，长江中游南岸，是长江入赣的门户，享有"赣北明珠""中华青铜之源""中国民间艺术之乡"等美誉。

从地图上看，瑞昌市的形状有点像一只头向西北，翅膀分别向东北和西南展开，正在翩翩起舞的蝴蝶。东北与湖北省武穴市隔长江相望，南与德安县、武宁县相连，东与柴桑区为邻，西北与湖北省阳新县交界，总面积一千四百一十九点三一平方千米，总人口四十五万四千四百人，下辖三个街道，八个镇，八个乡。自五代南唐升元三年（939）建县，迄今一千零八十四年。

瑞昌市是江西省重要的工业县域，截至2020年，全市规模以上工业企业二百三十一家，工业总产值六百一十八亿九千万元；瑞昌也是湖北入赣的重要通道，境内有武九高铁、武九铁路，杭瑞高速，九码快速通道，九武公路及长江十九点五公里优质水道，高铁、高速、水路共同构成了瑞昌市非常重要的交通枢纽地位。

瑞昌市2021年度GDP为三百零八亿五千万元，同比增长百分之十五点四。

瑞昌市境内主要为丘陵地貌，以红色酸性土壤为主，是江西省重要的棉产地。瑞昌山药、瑞昌黑芝麻是全国农业地理标志产品。瑞昌市拥有江西省第五大天然湖泊——赤湖，也是江西省重要的水产品产地。

瑞昌人民勤劳勇敢，富有革命传统。近现代，有王恒、邓炎追随革命先行者孙中山，献身民主革命；有温仿桥、蒋友梅带领瑞昌人民反帝反封建，创立了县、区、乡三级苏维埃红色政权；1929年11月17日，中共党组织领导瑞昌革命群众在赤湖区域发动了"港口暴动"，并组建了赤湖游击队，开辟了革命根据地。

瑞昌历史悠久，人杰地灵，文化兴盛。瑞昌市现有瑞昌剪纸、瑞昌竹编两项国家级非遗项目，三项省级非遗项目，十一项市级非遗项目。瑞昌市是中国民间艺术之乡，革命文物保护利用片区分县，国家产融合作试点城市，全国村庄清洁行动先进县，首批全国县域足球典型。

我们这本书，要从二十世纪五六十年代瑞昌北部的大桥生产大队（今武蛟乡大桥村）说起。六七十年前，这里的人们在党的带领下，发扬愚公移山的精神，凭着"一根扁担，两个肩膀"，依靠集体的力量，自力更生、艰苦奋斗，用自己的双手、双肩，移山填湖，兴修水利，改造自然，巧夺棉麦双高产，成为江西省乃至全国赫赫有名的"铁肩膀大桥人"。

第一章　昔日大桥村

　　昔日的大桥生产大队（现在的武蛟乡大桥村）的东南面及西北角被一些荒滩、湖泊环绕，东面有车马湖、塔尔湖，南面是狭长的南阳河，西面是低矮的红壤丘陵，北面是不规则的湖汊与不长树木的石头山，犬齿交错。从村头坡上看，那些大大小小的湖泊与赤湖（江西省第五大淡水湖）紧密相连。站在北面武山高处往北望去，浩浩荡荡的万里长江如一条白练，又似一根巨大的琴弦，弹奏着或欢快，或深沉的歌谣。

　　大桥生产大队，坐落在赣北重镇瑞昌市北边临江的武蛟乡。关于瑞昌地名的来源，有一个动人的传说。话说三国时期，东吴右都督大将军程普驻兵桂林岗。建安十三年（208）初春，程普率部随孙刘联军在赤壁大败曹军，奠定了三国鼎立的基础。这天上午，程普意气风发地率军回到驻地，只见桂林岗上空出现一群红色大鸟，形成一个完美的弧形，春色氤氲，鸟鸣悦耳，将士们大捷欣喜之余，见到如此祥瑞胜景，不免群情振奋，兴高采烈，欢快的情绪激起了程普的豪迈气概，他大声说道："此地祥瑞昌盛，是我东吴大军福地，从此便叫瑞昌。"

　　新中国成立前的瑞昌，先后遭遇了军阀混战、日本侵略者铁蹄践踏以及国民党反动派的高压统治，百业荒废，百姓苦不堪言，没有一丝"祥瑞昌盛"的样子。

有一首歌谣，唱出了当年瑞昌百姓的悲哀愁苦：

> 想起往日苦呀，眼泪不住流，常年汗入土，不见钱粮留。
> 想起往日苦呀，眼泪不住流，每到年关时，债主来催租。
> 想起往日苦呀，眼泪不住流，百姓没活头，只好卖儿女。

长江边的大桥村，就是在这样的贫困岁月中，"寒冬腊月盼天明"。

新中国成立前的大桥村，一百三四十户，五百多人，耕地一千一百多亩。这些土地百分之八十以上坐落在低矮丘陵地带，由二十一个分散的丘陵组成，都是红壤，土质酸性强，黏性重，有机质少，表土层不到三寸厚，是典型的薄地，很难种庄稼。老百姓这样形容大桥村的土地：

> 天晴一块铜，
> 一锄挖下火星冲。
> 雨天一包脓，
> 地里来回拖不动。

在这样可怜、贫瘠的土地上劳作的大桥百姓怎会有好收成？

新中国成立前，大桥村百分之九十的农户吃不饱穿不暖，每日渴求能吃上一顿饱饭，冬天渴求能穿上一件像样的棉袄。

看看一张七十年前大桥人住房的画页吧！冬天，一家四口站在土坯平房前，那土坯有些倾斜，斑斑驳驳，可能是雨水冲刷的原因吧，两丈来高，上面铺着苞茅。时令应该是三九天，垂在屋檐的苞茅结了一些亮晶晶的冰花。一家人穿着寒酸、打满补丁的单薄衣裳在门口战栗。只有暖和的太阳照着土坯墙，像抹上金色的颜料，照耀着这贫穷的一家，给人一点希望。

　　大桥村口，就可以望见西北面光秃秃的山，裸露的岩石一片连着一片。有人尝试种过杉树、松树、棕树……无一例外，很少存活，因为土壤太薄，缺乏有机质，山洪水一冲，便常常连"根"拔起。

　　在低矮丘陵开出的耕地上，种植的玉米、红薯，一遇到山洪季节，便被洪水无情冲倒，山洪带走的，还有耕地上浅浅的一层有机质蕴含的肥力。每逢旱季，人们只能从湖里挑水浇地，来回七八里，一天下来也浇不透三分地。因为没有一点水利设施，只能靠天吃饭。

　　东北面的荒湖，遇到山洪暴发，水位上涨，经常淹没湖边的庄稼地。天旱时，湖水蒸发，水位下降，散发出臭气熏天的烂泥味，有人曾在此种下莲藕，两三年也没有收成。

⊙ 寒冬挑湖泥

一旦遇到天旱，地方土豪劣绅还要大家捐钱，搞求神、求雨活动，求来求去，怎么也盼不来风调雨顺，盼不来好收成。

当时，大桥村民每天的生产生活状态是这样的：早上，公鸡啼叫，村民们稀里呼噜喝上一碗稀粥，啃两口红薯，穿上破破烂烂的衣服下地干活，直到傍晚太阳下山，才扛着锄头疲惫地回到那茅草搭建的房子，每日饥一顿饱一顿地讨生活，外乡外村的姑娘打死也不愿意嫁到大桥来。

这样的日子，看不到前景，看不到希望！

第二章　战天斗地在大桥

1949 年 5 月 18 日，中国人民解放军第四野战军第十五兵团第四十三军一部从湖北广济县南渡长江，在瑞昌县码头镇登陆，上午九点多开进瑞昌县城，标志着在伟大的中国共产党领导下，瑞昌获得了新生。

那一天，大桥村南的一条主干道，正是人民解放军从码头镇进入县城的行军路线。那一天，天气出奇之好，晚春的太阳暖和地照在大地上，照在大桥百姓灿烂的笑脸上。人们自发地走上大路，夹道欢迎子弟兵，把家里不多的花生、炒米、黄豆、鸡蛋装在竹篮里，敬献给子弟兵，像过节一样不停地燃放鞭炮。他们知道，他们在自己的土地上当家做主，建设美好家园的日子就要到来了。

新中国成立后，1953 年冬天，上级组建了大桥生产大队，由胡家、邓家、罗家、上坝、杂湾、南山六个生产小组合并，总共一百四十二户，五百二十一人，耕地一千一百多亩。

大桥生产大队是瑞昌县第一个初级农业生产合作社。以前分散生产经营的单干农民组织起来，在胡华先社长兼支部书记的带领下，开始了改天换地的战斗历程。

胡华先面对的不仅是贫瘠的土地，还有大桥村民文化知识的匮乏。当时全大队五百二十一人中，只有九个人上过私塾，还都被安排到大桥

⊙ 晨挑湖草

公社和瑞昌县政府机关上班去了。全村百分之九十以上是文盲，百分之六十以上听不懂广播里的普通话，更不用说看懂农业科技书籍了。国家拨下来的救济粮、救济布分给队员时，大家的字都签得歪歪斜斜的，不成样子，看不懂是什么。因此，只好让大家按手印。

怎样，才能让耕地面积增加，肥力增加，多出粮食，多获收成？

怎样，才能让大家穿上新衣服？

怎样，才能让大家住上青砖瓦房？

怎样，才能让孩子们可以上学？才能让生产队员读书脱盲？

怎样，才能让外乡外村的姑娘高高兴兴嫁到大桥来？

这一连串关乎村民美好生活希望的棘手问题，摆在了大桥人面前，摆在了胡华先和大桥生产大队支委们的面前。该如何用集体的力量和智慧，用大家的双手改天换地，改变目前一穷二白的面貌呢？

契机出现了，是一次学习活动。

这天，党支部组织社员们学习《愚公移山》，人们静静地听着这个故事：

中国古代寓言"愚公移山"，说的是古代一位老人住在华北，名叫愚公。他家门南面有两座大山挡住出路，一座叫太行山，一座叫王屋山。愚公下决心率领儿子们用锄头挖去这两座大山。村里有个名叫智叟的老头看了发笑，说：你们这样干未免太愚蠢了，你们父子几人要挖掉这样两座大山是完全不可能的。愚公回答说：我死了以后有儿子，儿子死了有孙子，子子孙孙接着挖，没有穷尽。这两座山虽然很高，却不会再增高了，挖一点就少一点，为什么挖不平呢？愚公没有受到智叟的影响，毫不动摇，每天挖山不止。这件事感动了玉皇大帝，他派了两个神仙下凡，把两座山搬走了。从此，愚公家门前道路宽敞了，出行方便了。

胡华先听着这个故事，若有所思，他想到当前摆在大桥人面前的种种困难，正像一座座大山，也须要大桥人民坚定信心，将它移走！

学习结束了，在集体讨论会上，胡华先说："开垦荒山、荒湖的困难，跟搬走太行山、王屋山相比，简直小得不能再小。反过来，我们大桥几百号人，力量跟愚公他们父子比，又要强上百倍，因为我们是中国共产党领导下的集体力量……要发展生产，就一定要开荒，要向荒山、荒湖进军，用我们的双手把贫瘠的土地改造成肥沃的田地。"

胡华先讲得非常激动，一边讲，一边抡起拳头不停在桌子上捶。

"山头上的红壤，土质差，到处是大石头，开得出耕地吗？种得了庄稼吗？挖山开荒是重体力活，一日三餐口粮够不够？……"讨论会上出现了不同的声音。

"石头可以抬走，红壤地可以改造，地要勤快人种，只要肯下功夫，开出了荒地，不愁种不出庄稼。"有社员受到鼓舞，坚定地说。

"现在合作社人均只有两亩左右耕地，如果大家努力开荒，增加一倍耕地，人均能达到四亩，那大家就不愁吃不愁穿了。"有社员看到了辛勤劳动之后的美妙前景。

……

在胡华先和支委们的坚强组织和巧妙引导下，经过多次讨论，大桥生产大队的社员们终于统一了认识，吹响了发誓改变大桥贫穷落后面貌的号角。

1953 年冬天，大桥人首先在离村庄八里路的杨泗岭开荒，这是第一个开荒点，土质比别处好一些。当时的杨泗岭到处是荆棘，地面上露出许多一人多高的大石头。要把这块土地变成耕地，就得把山上的荆棘砍光，把荆棘根都挖走，把大石头搬走。这是一项艰巨的工程，但社员们心里都明白：路是人走出来的，地是人挖出来的，要创业，就不能怕困难。

杨泗岭开荒的第一天，三十多位男女社员黎明鸡叫时就已吃过早饭，天刚亮，他们就扛起"开荒突击队"的红旗，扛起锄头、铁锹、箢篼上了山。那股干劲，真像是出征打仗。

到了"战场"，社员们不管天气多么严寒，冷风多么刺骨，开始砍荆棘、挖刺蔸、撬石头。社员何邱林快五十了，却专门找大石头挖。锄头挖断了，换上一把继续挖，衣服都被汗水浸透了。中午在路边吃饭，大家劝他换一个轻活干，他却生气地说："我还未老，为了多给集体开垦良田，出几身汗有什么关系？"吃完饭，他搓搓手，拿起铁锹又去搬弄大石头。

支部书记胡华先更是带头苦干，哪里柴蔸、刺蔸多，哪里石头大，哪里就有他拼命苦干的身影。

第一天，大家干到太阳落山，开出了一亩半新耕地。

那个冬天，开垦荒地成了大桥人的主要任务。村民们头顶寒风，面迎冷雨，奋力开荒。荆棘苞茅刺破了手，划伤了脸，手掌磨起了血泡，谁也没叫苦，谁也不在乎。锄头挖断了，柴刀砍坏了，没有钱修理，就在收工回家时，把顺带砍下的柴火、根蔸挑到山下卖掉，换来的钱再去添置锄头、铁锹、箢箕。

杨泗岭这场拓荒战，差不多每一锄头都会碰上刺蔸和石头。村民们一锄一锄地把石头、刺蔸挖出来，又一块一块把石头、刺蔸搬走。石头、刺蔸搬干净了，就平高填低，内开沟，外作埂，保护水土，修成一层一层梯田。前前后后，村民们在杨泗岭苦干四十多天，开出耕地四十六亩，清除的荆棘、柴蔸五万多斤，搬走的石头有多少立方、有多少斤两就无法统计了。

杨泗岭这场拓荒战，不光给村里增添了四十六亩耕地，更重要的是让村民们看到了党领导下的集体的力量，从而坚定了大家跟着共产党坚定走社会主义道路的信心。在随后的十二年时间里，村民们又把一个叫"怪滩"的荒湖填平了，把满山都是风化岩的"桂石崀"山坡改造了，还把曾家嘴、斗笠坡、封门口等许多山岗和湖滩开垦出来了，南面开荒到黄桥头，北面开荒到封门口，东南面、西北面开垦出了杨泗岭、丁家山、大石岭、南山脚、官田湖、车马湖，一共将十六个山岗和十七个湖汊变成了一千二百多亩耕地良田，全村耕地面积比开荒之前增加了一倍多，达到了人均耕地四亩的初步目标。继而在耕地上种上水稻、小麦、棉花等作物，"吃得饱，穿得暖"的愿景具备了基本条件。

万里长征迈出了第一步，还有艰难险阻需要大桥人去克服。

大桥人辛辛苦苦开垦出来的耕地，第一年庄稼的收成还马马虎虎，能达到平均产量。但是第二次耕作，产量就很不理想，因为土地照旧是红壤，土层只有两三寸厚，缺乏有机质，酸性重，黏性强，缺乏肥料，地力不足，第一年庄稼把地力"吃"掉了，后面再种庄稼地力就不行了。要想彻底改善耕地，庄稼年年有好的收成，就一定要让村里的土地变得肥沃起来。

胡华先再次组织社员们开会，推广村里老一辈人种地的经验。他动员大家，夏天捞湖草盖在庄稼的根部，冬天挑湖泥覆盖在地沟里，然后与地里的土混合翻动。他说："过去单干，捞湖草，挑湖泥，个人力量有限，耕地看不到什么大变化。现在我们大家一起干，把全部耕地都变肥沃，大家一定能看到意想不到的变化。"

有社员对这个问题不以为然，说："现在不是有化肥了吗？国家建设了许多化肥厂，我们可以申请贷款，购买化肥，有了收成，就会有收入，再还上贷款，不就省事了。"

⊙ 胡华先带头挑湖草

胡华先说："这当然是一个办法。但是，国家这么大，化肥产量还很小，到处都在建设，到处需要化肥，志愿军还在朝鲜，国家很多资源在供应前线。如果人人都想着靠国家，国家又能靠谁？我们还是应该首先立足于自己。"

在胡华先的耐心启发和循循善诱下，一个觉悟高的社员"呼"地站了起来，大声说道："赤湖里的肥料多得很，夏天捞湖草、冬季挑湖泥来增加土地的肥力，既不用花钱，又不需要向国家伸手要资源，这是目前最有效的好办法。"

"哗哗哗……"会场上响起了雷鸣般的掌声。

　　会议结束，终于统一了思想：大家要像开山开荒一样，鼓起干劲，舍得一根扁担，舍得两个肩膀，向愚公学习，把贫瘠的红壤改造成肥沃的优质耕地。

　　当然，要把大量的湖泥、湖草运上丘陵山岗，着实不容易。近的路程来回一趟也要三四里，一个壮劳力一天最多只能挑十六担；远的路程，要翻过三个山坡，来回一趟要六七里，最好的劳力一天也只能完成八担。男劳力每一担重量都有足足一百八十斤。

　　巨大的工程量面前，有些社员想打退堂鼓：光靠一根扁担，一双肩膀，能改变全队两千多亩红壤地吗？不要搞得土地没有肥几亩，人累得倒下一大片。

　　面对着各种质疑，胡华先耐心地做着说服工作："不要忘记了，我们人多力量大，大家一人一担，一亩大的地里就能铺上一层。只要像毛主席讲的愚公移山故事中的愚公一样，我们一块地一块地去改造，一年不行就三年，三年不行就五年，五年不行就十年，总有一天，我们能把这些红壤都改造成肥沃的良田。"说完，胡华先自己便挑起担子，向几里路以外的湖塘出发了。他知道，自己面临的是一个"战场"，战场上，指挥官说"跟我冲"和"给我冲"，对士兵的效果完全不一样。他知道，自己做好了表率作用，社员们就一定会跟上的。

　　这是1954年的初冬时节，胡华先带领支委会的陈金香（胡华先的爱人）、邓居胜、罗会亮、刘家兴几人，带头脱下鞋袜，打着赤脚，跳进齐膝深的冰冷湖塘里开沟排水，湖水里的石头把他们的脚割出了口，寒风吹裂了他们的手，他们毫不在乎。

　　社员们看到党员干部带头苦干，情绪被点燃了，干劲被激发了。社员胡良栋冲到前边开沟排水，一个人做的活比两个人做的还多。水排干后，大家一锹一锹把湖泥锹起来，装在竹编大箩筐里，滤一阵子水，就开始往丘陵山岗耕地上挑。

　　从万家汉到乌龙山的羊肠小道上，刚入党的陈金香带领一支女社员组成的挑泥队伍,把湖泥一担一担挑到地里去,别看都是女同志,每一担也有一百多斤重。她们每天天刚亮就出工,挑着沉重的担子走在冰凌上,脚下咔嚓咔嚓直响,稍不小心就会摔跤。中午时分,冰凌融化了,田间路变成泥泞小道,更是难行,红壤沾在鞋上,又重又滑。一连挑了三四天,有的人肩膀肿起大包,扁担一压,肩头传来刀割一样疼痛,却依然咬着牙默默坚持着。

万家汊的湖泥挑完了,大家又转移到罗家汊,罗家汊的湖泥挑完了又转到下一个湖汊……

就这样,从冬天到春天,社员们整整挑了半年湖泥。夏天到了,他们又捞湖草,挑到地里做有机肥,从初夏一直挑到深秋,又是半年。

同时,社员们还从实际出发,充分利用当地的自然资源,采取种绿肥、烧火粪、打地坎土等综合性措施,对两千多亩耕地进行全面改造。

⊙ 捞湖草

就这样，从 1953 年初冬到 1957 年深秋，整整四年时间，大桥生产大队两千多亩红壤，每亩都被社员们覆盖了三百五十多担湖泥，一百多担湖草，这些千万年不曾改变过的红土壤得到了脱胎换骨的改变，酸性变弱了，土质变黑了，变疏松了，从没有什么营养到富含有机肥了，地力明显增强了。种下去的棉花比往年的产量增加了三成以上。另有两百多亩红壤水稻田，通过种绿肥、烧火粪等方法，稻谷收成也有了可喜的变化，产量比以往增加了两三成。

大桥社员通过"一根扁担，两个肩膀"的大干、苦干精神，初步改变了大桥生产大队耕地少、土壤贫瘠的局面，诚实的土地不会辜负人们的汗水，收成增加了，社员们能吃饱穿暖了，兜里的钱也更多了，大桥人脸上的笑容越来越多了。

在成绩面前，大桥人没有骄傲，在之后的六七年时间里，他们继续有计划有步骤地对队里的绝大部分耕地进行改造，吹响了彻底改造山河面貌的进军号角。

1958 年冬天，大桥生产大队决定给蛇山、大石岭、南山脚等几处偏远耕地全部覆上湖草、湖泥，这几个地方刚开垦出来不久，路途较远，比如挑湖泥到蛇山，来回一趟有六七里，四十多亩土地还是没有改造过的红壤。

带队的大队干部是支部副书记罗会亮，他是一个说老实话、做老实事、当老实人的"三老"好党员。他带头挑重担，爬高山，冲在最前面。在他的带领下，社员们发狠苦干，每天天刚亮，大家就出工，天黑上灯时才收工。凭着一股狠劲，原计划一个月完成的任务，他们只用了二十四天就顺利完成了。

在热火朝天给蛇山耕地挑湖草、湖泥的同时，第四生产队队长刘家兴带领着一批社员在罗家源排水开沟，锹湖泥。

罗家源是一个不规则的泥塘，老人说，那里面有泉眼，泥塘的水便一直没有干过。要把这里的水排干，把塘泥运去耕地，的确不是一件容

⊙ 雪天挑湖泥

易的事。在旧社会打过九年长工的刘家兴是大桥出了名的会干难事会干苦差事的硬汉子，外号"铁骨头"。有他带队，再难的事也难不倒他。

　　刘家兴和队员们在罗家源泥塘边架起了两部水车。起初，他们在白天排水。可是，白天刚把水位排下去，过了一晚，水位又回涨了。连续四天都是这样。怎么办？刘家兴采用新的办法，把人员分成两班，轮换水车，就这样，白天黑夜不停地排水，一连七天，终于把罗家源泥塘的水抽干了，及时把湖泥锹上岸，滤干水，挑上山岗，给四十六亩耕地盖上了厚厚一层黑亮的、充满希望的湖泥！那段日子，刘家兴既排水，又挑湖泥。别人休息时，他不是在泥塘里排水，就是在挑湖泥的路上。社员们感慨而敬佩地说："刘队长真是铁打的骨头呀！"

　　几个春秋寒暑过去，1959 年到了，大桥社员们的挑湖泥工作坚持到腊月二十八。大家收拾扁担、竹筐，喜气洋洋准备过年了。

除夕晚上，社员程德才吃过年夜饭，就找到胡华先说："支书啊，往年新年是正月初四开工，今年我们提前一天，就正月初三开工吧！趁天气晴朗，好多挑些湖泥到地里。"

胡华先高兴地说："这样吧，大队干部带头，初三开工，其他社员自愿吧。"

1959年大年初三一大早，胡华先便带着四个支委委员出工挑湖泥，他们刚一出门，身后就跟上了一大群挑着竹筐，扛着铁锹、锄头的队员，一路欢声笑语地向湖塘走去。

就这样，从1958年的冬天持续到第二年的春天，整整四个月时间，大桥社员挑完了五个湖汊，十六口泥塘，把二十多万担湖泥和三万多担湖草，挑到了耕地上，全大桥大队七百三十多亩棉花地，有六百五十多亩铺上了厚厚一层湖泥湖草，没有挑上湖草湖泥的另外八十亩左右耕地也全部盖上了火粪和地坎土，一部分还种上了红花草和鼠毛草等绿肥。

接下来连续六七年，大桥社员为了更好地把湖泥湖草搬运到耕地上，还进行了道路建设，改进了运输工具，一共开山修路十一条，宽度能过两轮板车，总长度超过十一里，从此，向耕地输送湖泥湖草，可以用板车运输，既减轻了劳动强度，又提高了运输效率。

俗话说"创业如同针挑土"。十二年来，大桥人以"针挑土"的毅力，用"愚公移山"的决心，不畏艰苦，不怕困难，把成千上万担的湖泥、湖草搬上了山岗，肥沃了耕地。在十二年四千多个日日夜夜里，他们用一根扁担，两个肩膀，硬是改造了大桥大队辖区内的两千多亩河山，每个人的一双肩膀都长起了厚厚的一层老茧，练就了一副坚强有力的"铁肩膀"。他们，以几百副"铁肩膀"，挑起了党员的风采，挑起了集体的使命，挑起了组织的信任，挑起了改造自然的伟大理想。

就是这样一副副"铁肩膀"，让大桥大队贫瘠的红壤耕地改变了颜色，增加了地力，支援了生产。化验结果表明，经过改造的红壤的有机质含量由原先的千分之八点零八提高到千分之二十一，含氮量由原先的千分之九点六提高到千分之十九点九！

有了好的土地，何愁没有好的收成。1963 年，大桥大队取得了皮棉平均亩产一百一十七斤五两、小麦平均亩产一百八十五斤的佳绩，获得大丰收，并荣获江西省红壤地区棉麦两熟双高产荣誉，震惊全国！

大桥人"铁肩膀"集体的光辉成就，堪比"愚公移山"！

耕地条件改善了，农作物收成提高了，就连外地的姑娘都愿意嫁到大桥来了。可是，大桥大队二十六个大大小小丘陵山岗上的耕地的水利设施还是很差，差到几乎没有。天晴半个月以上，就得从湖里挑水浇地。从 1954 年冬天到 1962 年，大桥人遇到了多次大旱天，年年都曾连续五十多天不下雨，其中两次更是连续一百多天没有下雨。

旱的时候不见滴雨，涝的时候水漫金山。1964 年 6 月下旬，瑞昌一连下了十多天滂沱大雨，县境内到处发洪水。洪水冲坏了排水沟，冲断了排水管道，冲垮了梯田上那些刚刚开出稻花的早稻，暴风吹倒了丘陵地的棉花枝。大桥人面对困难没有被吓倒，社员们齐心协力，把冲倒的庄稼扶起来，没法挽救的就改种红薯，冲垮的稻田补种上二季晚稻。

水灾刚刚过去，7 月下旬又开始天旱，伏旱连秋，整整一百零六天没下一滴雨，长势正旺的庄稼面临着重大危机！

胡华先组织全体社员开会商讨，并特地请来县里领导做思想工作。社员们集体学习《毛泽东选集》第三卷中《论军队生产自给，兼论整风和生产两大运动的重要性》时，胡先华说道："三五九旅的战士们，一边要训练军事技术，准备打仗，一边在南泥湾开荒搞生产自给，比我们现在的困难大得多……"社员们听到这，一下子引起了共鸣，他们非常激动，纷纷说："抗旱无非是要水。水，赤湖里有，只要舍得肩膀挑，不怕老天不下雨。像旧社会一些人抬着'菩萨'求雨，那是笑话，绝对没有用的。"

就这样，一场艰苦、持久的抗旱"战役"，又在大桥大队开始了。大桥人的"一根扁担，两个肩膀"再次派上重要用场，他们用两个长满老茧、像铁块一样坚硬的肩膀，把赤湖里的湖水和湖草一次一次挑到地里，给受旱的棉花浇水，追肥，覆盖湖草，仓库里的化肥用完了，粪窖里的粪水挑完了，湖水也越挑越远……

社员邓安军带领几个社员淘洗粪窖底。粪窖又大又深，又闷又臭，蚊子苍蝇成群，他毫不在乎，整个人跳进去，用锄头挖，用手捧，将粪肥挑出来运到地里。他一连淘洗了两个粪窖，配上二十担湖水，浇了一亩多棉田。

不多久，社员们的硬肩膀又磨起了肿块，不少人的脚趾都溃烂了，残酷的干旱还在继续。

苦干还要巧干。为了提高湖草湖水的抗旱能力，大桥人总结经验，提高效率。开始时，大家浇水盖草，不分先后。通过实践发现，顺序很重要，相比于先盖草后浇水，先浇水后盖草，顺序变一下，耕地的抗旱效果要长四五天。浇水时间也有学问，傍晚浇水的抗旱效果比上午浇水更好，而且，水里加了点肥料的抗旱效果比没加肥料的水浇地抗旱效果要长三四天。

在这场艰苦的抗旱"战役"中，大桥大队的党员、干部总是冲在前面，带头干重活，挑重担。第二生产队妇女队长刘水荣，在三个多月的抗旱日子里，没有休息一天，一根扁担两个肩膀总是忙个不停，她挑破了四只竹筐，挑断了三根扁担，她挑上山岗的湖水湖草共有七八百担。

1964 年的这次历时三个多月的抗旱"战役"，全大桥大队的男女老少不畏艰苦，不怕劳累，用磨得发光的扁担，用磨起了老茧的肩膀，及时给七百多亩棉花地浇上了三四次粪水或肥料水，给每亩棉花地盖上了八十多担湖草！

辛勤耕耘换来了丰收的喜庆！1964年，大桥大队七百四十七亩棉花地，又获得了平均亩产皮棉一百零四点三斤的好收成。在艰难的自然条件下，大桥人为国家上交公棉七万五千多斤，有力地支援了国家建设。

1964年这次抗旱的艰苦，让大家更加意识到兴修水利的重要性。此前，毛泽东主席曾对农田水利发出指示"水利是农业的命脉"，这

⊙ 喜摘棉花

句话让社员们的思想豁然开朗。他们群策群力，科学规划，决定开辟杨家岭山坡，兴建抽水机站，把赤湖水引上山岗，实现最便利的灌溉手段。

1964年冬季，进入俗称的"农闲"时节，大桥大队又吹响了兴修水利的号角。按照抽水机站工程计划，第一项任务就是要备足六百三十立方米石料和一百六十立方米细砂。大桥大队没有这些原材料，石头，要到赤湖对岸的老虎嘴山上开采；细砂，要渡过赤湖到长江砂石场去搬运。

当时交通条件很差，主要靠水路木船搬运。赤湖水涨潮慢，落潮快，要算好时间进行搬运工作。大队动用了四十多条木船，每条船定量一天七趟。在高涨的干劲支撑下，有的船甚至超额完成了任务。第五生产队副队长赵达里第一天天不亮就和社员梁彩友下了湖，为了抢时间赶进度，

两人在船上轮流吃饭，轮流划船，一刻不停，一天来回运输十四趟，超过了规定任务的一倍。

第二生产队妇女队长刘水荣在一次运输归途中遇到了大风浪，行船缓慢，大家劝她把砂卸落些，她坚决不同意，说："工地正急着用细砂，再难也要运回去！"她与另一个女社员咬紧牙关，使足全身力气，摇动双桨。水浅的地方，船行走不动，她便跳下水，推着船奋力前进，终于把满满一船细砂顺利运到了工地。

大桥人鼓足干劲，抢在潮水回退之前，运回了三百船石头和一百六十船细砂，超额完成任务，保证了抽水机站工程的需要。

石头和细砂运到了，工匠们开始建设进水池。杨家岭山脚都是风化岩和红壤，中间夹杂着鹅卵石，用尖锄头凿，用铁锹挖，一天下来也挖不了几寸，这样挖下去，一丈多深的进水池，不知要挖到什么时候。

怎么办？党支部再次召开民主讨论会。社员邓安军、胡华友过去在支援外县修水库时搞过爆破，他们建议采用定点爆破的方法。副大队长邓居圣支持这个方法并和他们一起行动。第一次试验，一炮便炸开了两方土，成果明显。他们一连放了四十多炮，再把松动的土石运走，终于挖出了一个五丈宽、十丈长、一丈深的进水池。接下来，又在杨家岭山坡开辟了一条笔直山路，用来铺设引水管。

1964年冬天，大桥人的"铁肩膀"气概再次发挥作用，在国家的援助下，大桥大队成功建好了一座两级抽水机站，由山脚一座抽水机房、一个进水池，半山一个蓄水池，山顶一个蓄水池组成，铺设了一条四里长的排水管。

抽水机站建好后，两台八十马力的高压水泵把赤湖水送到山岗上两个蓄水池中，蓄水池一个十三米高，一个十五米高，社员们再从蓄水池中去挑水浇灌耕地就轻松多了，生产效率前所未有地提高了。

大桥社员欣喜若狂。"水利是农业的命脉"，这个颠扑不破的真理被勤劳智慧的大桥人的勇敢实践诠释得鲜活生动。

⊙ 研究棉花种植技术

有了良田和水利，大桥人又开展了群众性的科学种田试验活动，向农业科技进军，争取棉花小麦双高产。

新中国成立前，大桥大队没有多少人会种植棉花，因为习惯上他们认为红壤不适合种棉花。通过多年挑湖草、挑湖泥的大力改造，棉田有了好收成，棉花种植面积越来越大，导致粮食作物的种植面积越来越小，特别是小麦种植面积越来越萎缩。从生产队扩大成生产大队后，人口达到两千三百多人，粮食更加缺乏，虽然每年向国家上交超过十万斤皮棉，有力地支援了国家建设，但是又要国家提供十万斤口粮，社员们心里非常不安。

社员们讨论说："建设社会主义新农村，既要棉花，也要粮食。国家供应我们口粮，虽然是对产棉区的照顾，但是作为一个农民，如果我们可以一边向国家提供棉花，一边又能做到粮食自给，就能为国家做更大的贡献！"

在这个思路指引下，大桥人开始了棉花、小麦套种试验，向土地洒下更多种子、更多汗水，努力为国家做更大的贡献。

要想实现棉花、小麦两熟双丰收，就要农历三月中旬后在麦行里套种棉花。这时的麦子已长高，行间底下不容易通风、采光，种下的棉籽出苗后不好管理。怎么办？

胡华先为了解决这个最现实的问题，苦苦思索，千方百计钻研新技术。他认真研读农业技术书籍，到外地参观，虚心学习先进经验，在生产实践中细心观察庄稼的生长变化规律，就连亲戚朋友间走动，他也要问问如何种好小麦、棉花。

他们最开始试验棉花、小麦套种的时候，小麦采取窄行点播，结果，小麦产量低，套种的棉花棉苗长不好。要想棉麦套种成功，首先要解决关键问题。

胡华先及时学到了小麦条播方法，回来就在一块零点七八亩的地里做实验，结果条播的小麦比点播的小麦每亩多产十五斤。

小麦条播比点播更能增产，这是一个新发现。但是这次试验并没有解决成行的小麦对刚长出的棉苗的阳光遮挡问题，空气流通不佳，麦苗仍然长不好。为此，胡华先在田间地头到处观察，寻找小麦、棉花同时长得好的地块。一天，他发现社员邓安俊在一个地块拔草，对那块地采取了小麦宽行点播、舍麦保苗的方法，他产生了一个新的想法：如果条播的小麦一行产量能抵上点播两行的产量，就能做到保麦、保棉。

想到就做，他和陈金香等几个社员弄了半亩地做试验，把小麦行列间距由一尺宽改为两尺宽，和棉花的行列间距一样。麦种也多种了些，这样，麦行距离变宽了，棉花通风采光条件得到改善，又可以在麦行里及时进行棉苗期管理。棉苗长势很好，秋天有了可喜的棉花产量。可是在小麦播种时，用犁开沟，上宽下窄，播下的麦种散不开，长出来的麦苗挤成一条线，第二年五月小麦收割产量很低，非常不理想。

因为对红壤的连年改造，土地越来越肥，棉地里的小麦长得很密，影响了棉苗的生长。再加上这次棉麦两熟的试验不成功，社员们意见颇大，出现了一些不同的声音。有人说："一只手只能抓一条鱼，要想增产棉花，就不要去种小麦；要想小麦增产，就莫想去棉花田种小麦。"还有人说："有多大脚，穿多大鞋，一块地既种棉花，又种小麦，不减产才怪。"

还是党支部及时召开群众大会，通过充分讨论，大家一致认为科学试验种庄稼这个大方向是正确的。棉花小麦套种两熟的方法是可以找到的，特别是第二次试验，虽然小麦产量低了一些，但是棉花的产量还是很稳定。在不影响既定农业生产时继续开展棉花小麦套种两熟试验，一定能找到满意的方法。

1955年冬天播种时，社员们根据县里派来的农技干部的建议，适当放宽小麦行距。第二年，虽然小麦产量不高，棉花却获得了大丰收，当年上交国家公棉十万两千斤，成为江西省红壤丘陵地区棉花高产的典型。就在这年冬天，胡华先光荣出席了全国农业先进单位代表大会。

在丰收的喜庆日子里，大桥人民无比高兴，但并没有骄傲，反倒是相当着急：为国家减轻商品粮供应压力的愿望还没有实现，棉花、小麦两熟套种还没有取得成功。

参加了全国农业社会主义建设先进单位代表会议的胡华先刚回来就和伙伴们在一块半亩面积的地块上开始了第三次棉花小麦两熟套种试验。他们总结经验教训，建议开平沟，把小麦播幅改为八十厘米。播种时，地沟又平又宽，他们就多播了些麦种，结果麦苗长得像龙须草，麦粒小，产量低。他们没有泄气，接下来的一年开始了第四次试验。这一次采取了少播、稀播麦种的方法，比原来播种量减少三分之二，麦苗长出来，既不拥挤，又不倒伏，麦秆粗，麦穗大，颗粒饱满，和以前的传统做法比产量提高了百分之四十二。

试验终于成功了！

1959年，大桥人决定全面推广棉花小麦套种双熟技术。功夫不负有心人，当年底，上半年的小麦，下半年的棉花，都获得了喜人的丰收。

这种"天连五岭银锄落，地动三河铁臂摇"的拼搏、探索壮举，带来的劳动硕果和丰收的幸福，让大桥人更加奋发。

在胡华先的带领下，大桥人摸准了土地的性子，摸准了节气的规律，派出队员到更先进的种植基地去学习，再结合本地实际灵活运用，特别是针对棉花小麦在田中争季节、争时间的矛盾，又进行了品种对比试验，选育推广早熟的"三月黄""华中七号"小麦良种，缩短了小麦对棉苗的遮挡期。他们还掌握了在麦林中边间苗、边锄草、边补缺、边追肥的

⊙ 胡华先带队摘棉花

⊙ 收割稻谷

"麦林四边"保棉花苗的措施，接下来又琢磨总结出抢割麦、抢犁麦茬、抢锄草、抢定苗、抢追肥、抢治虫的"麦收六抢"生产措施，集中劳力和时间，提高效率，做到棉花小麦双熟双丰收。

大桥人通过一连串的科学种田试验，逐步认识了庄稼生长的客观规律，很好地解决了棉花、小麦套种的各种矛盾。学农技，搞试验，一时在大桥蔚然成风，群众性的科学试验活动开展越来越广泛，一百三十二人参加了科学试验活动，组成了十八个科学试验小组，种出了四十五亩对比试验田，三十一亩小麦丰产田，一百亩棉花丰产田。这些试验田就像是一所农业科技学校，使大桥社员个个都成了种田能手，让大桥两千多亩改造后的红壤耕地年年有了令人喜悦的收成。

在多次科学试验种田的同时，他们充分意识到学文化、学知识的重要性，明白学习知识才能真正地解决科学种田的根本问题。大队及时办了一所完小，六所半耕半读小学，六所政治、文化、技术"三结合"夜校。全大队有二百零六名适龄儿童读完小学，三十八人读了初级中学，十二人读完高中，两人考上大学，绝大部分青壮年参加了"三结合"夜校，参加了"脱盲班"学习。

从 1953 年到 1965 年，十二年时间里，大桥人平均每年给国家贡献十万斤棉花，粮食生产基本做到自给自足，实现了"自己动手，丰衣足食"。

在社会主义建设初期，大桥生产大队成为我国农业战线一个先进典型，成为全国各地参观学习的样板基地。这方面的事例，后文将有详细叙述。

第三章 田园广阔了，棉花白满山
——全国劳动模范胡华先及大桥劳动模范集体画像

走进武蛟，巍巍武山绿意盎然，滔滔赤湖碧波万顷。赤湖北面的大桥村，人杰地灵，美丽富饶。新中国成立之初，大桥村却是出了名的穷乡僻壤，当地流传着这样的俗语："人说黄连苦，大桥人比黄连苦三分。嫁女莫嫁赤湖北，日里连杖夜春麦。"

说起大桥从"穷乡僻壤"到"美丽富饶"的神奇变迁，离不开当年大桥村创业史上的那些人和事，离不开那一段激情燃烧的岁月。"铁肩膀"胡华先和他的劳模团队，创造出一个史诗般的改天换地传奇，他们让大桥田园增加了一千二百多亩耕地，他们每年给国家贡献了十万多斤棉花。

"铁肩膀"领头雁胡华先

胡华先（1908—1984），男，汉族，中共党员，瑞昌市武蛟乡大桥村人。第一任"互助组"书记，曾任瑞昌县革委会副主任，江西省革委会委员，全国植棉劳动模范。前后四次出席全国劳模大会，受到毛泽东、周恩来、朱德等党和国家领导人亲切接见。1966 年，作为特邀代表参加国庆天

⊙ 全国劳动模范胡华先

安门城楼观礼活动，并荣幸地与周恩来总理同桌就餐。

胡华先有三个亲弟弟。土地革命时期，一年长江洪水泛滥，赤湖沿岸成了一片泽国。洪灾过后，庄稼颗粒无收。为了不让全家人饿死，胡华先的父母不得不狠心地将年仅六岁的二儿子卖给别人。眼巴巴看着与自己朝夕相伴的弟弟被人带走，年幼的胡华先除了伤心痛哭，更多的是对父母无奈之举的不理解。

穷人的孩子早当家，胡华先十五岁时已经成为一个种庄稼的行家里手。虽然犁耙滚耢样样精通，但依然逃脱不了给人打长工的命运。1937年7月7日，"卢沟桥事变"爆发，日本帝国主义发动全面侵华战争，1938年8月18日瑞昌县沦陷。日军战机向大桥村疯狂地扔下炸弹，许多平民在巨大的爆炸声中丧命，胡华先亲眼看到自己的三弟被炸死，他扑在血肉模糊的三弟身上哭哑了喉咙，流干了眼泪。弟弟的血迹未干，胡华先三叔的两个儿子又在日寇的清乡扫荡中，因来不及躲避，死在鬼子明晃晃的刺刀下。胡华先眼睁睁地看着亲人一个个死于非命，幼小的心灵被深深刺痛，他深刻地明白了只有国强才能民安的道理。

1949 年 5 月，瑞昌县解放。胡华先积极投身于大桥村的经济建设工作中。1951 年，胡华先递交了入党申请书，为了表达自己永远跟党走的决心，他为这年出生的女儿取名"向党"。1952 年，胡华先正式成为一名光荣的中国共产党党员。

土改结束，大桥村民拥有了梦寐以求的田地。替人打了十五年长工的胡华先身上迸发出无穷的力量，正当他像许多村民一样满怀信心准备在自己的土地上大干一场时，却发现村里还有八户人家的田地仍然荒芜。原来，这八户人家有的是因为眼睛瞎了无法下地，有的是由于腿脚残疾挑不了重担，还有的是因为没有耕牛和农具……胡华先心情沉重起来：我不能光顾着自家过日子，只有家家户户都过上了好日子，国家才会富强。于是，胡华先放下手里的农活，主动上门邀请这八户人家加入他的互助组，在生产劳动中互帮互助。瑞昌县码头区的第一个农业互助组——胡华先互助组诞生了。

1953 年冬，胡华先又带头建立瑞昌县第一个初级社——大桥农业生产合作社，他被推选担任社长。随后，胡华先又带头成立了全县第一个农业合作社并当选为社长。1955 年冬，大桥村成立高级农业社，胡华先当选为管委会主任。武蛟人民公社成立后，胡华先又担任大桥大队第一任党支部书记兼大队长。

新中国成立后，社会安定、人民生活水平有了很大的改善，人口猛增，大桥村人多地少矛盾突出。胡华先和他的团队站了出来。当时，受生产条件的制约，增加粮食产量的关键是要扩大粮食的种植面积。以胡华先为首的大桥社党支部根据实际情况，发出了"向荒山要地，向湖滩要田"的号召，带领村民开垦荒地。说干就干，胡华先带领由社员组成的垦荒大军来到了离家八里路的杨泗岭。望着荒岭上遍布着的茅草荆棘，社员们满脸狐疑："在这鸟不拉屎的地方能长出庄稼吗？"胡华先看透了乡亲们的疑虑，他二话不说，从腰间抽出磨得锃亮的柴刀干了起来……荆棘，刺破了胡华先的手掌；茅草，划烂了胡华先的脸庞，但他毫不畏惧，奋勇向前。榜样的力量是无穷的，很快，脚穿草鞋，衣衫褴褛的社员们自动加入开山队伍。

盘根错节的杂草让荒山变得格外坚硬，如同一块布满筋络的硬骨头。胡华先带领社员们凭着要高山低头的钢铁意志，挥舞着最原始的工具铁锄，积极投入火热的劳动中。铁锄挖在铁似的土面上"砰砰"作响，震得虎口开裂，双手发麻，但大桥村民坚信胡华先的话："能吃苦中苦，方有甜中甜，大家加把劲！相信，只要有决心，黄土变成金。"经过四十多天拼搏，终于开垦出土地四十六亩。

首战成功，胡华先更是干劲十足。接下来的两年时间里，胡华先率领大桥人披荆斩棘、"南征北战"，开辟一个又一个"战场"，先后在丁家山、大石岭、南山脚等十六个红壤山岗开出荒地三百余亩，然后又马不停蹄地在裤脚湖、车马湖等十七个湖汊进行围滩造田，又成功造田两百余亩。大桥附近的湖汊荒岭都被开垦完后，胡华先的目光又投向远在赤湖上游、距大桥村三十里的官田湖。胡华先带领社员吃住在官田湖，昼夜奋战在垦荒工地上，又在官田湖成功垦荒六百余亩。

1955 年至 1960 年，胡华先带领社员先后开荒一千二百多亩，使大桥生产大队耕地面积扩大到两千多亩。通过开荒，大桥村的土地面积扩大了，但新开垦的荒地九成以上是红壤类型的红黄泥土和黄沙土，土层瘦薄，酸性重，保水能力差，完全是"天晴一块铜，落雨一包脓"，难以适应作物的生长。由于土质差，棉花产量低得可怜，即便遇上风调雨顺的年景，棉花亩产也不过三四十斤。爱土地胜过爱自己的胡华先发誓要把土壤改良，要把产量提上去。他彻夜不眠，反复思考，寻找解决问题的方法。

1954 年春末夏初，长江流域发生了一场特大洪水，胡华先号召村民抗洪自救。他带头拆下自家门板充当防洪坝的挡水材料，在村东和村西低洼处筑起两条高约两米的防洪坝，架起四台抽水车日夜不间断向坝外抽水。为了保住低洼处一户村民的土坯房屋不被湖水浸垮，胡华先拆下自家门面的青砖为这座房屋砌成防洪圈坝。

胡华先带领村民奋战，把这场灾难的损失减到最低。事后调查，码头区沿江大部分房屋倒塌，只有大桥村房屋无损。洪水退后，胡华先带领村民一块一块扶起被洪水冲倒的棉苗，有的村民唉声叹气："看样子今年棉花收成是无望了。"胡华先却看着满地的湖泥和湖草说："唉声叹气是不起作用的，得开动脑子想办法，我倒有个办法，只要大家按我的法子做，一定有救"！大家很是吃惊，都这个样子了，还能起死回生？倒要看看胡书记葫芦里卖的什么药。只见胡华先指着洪水退后满目疮痍的湖泥湖草说："我们大桥冬季湖滩上有挑不完的湖泥，夏季湖水里有捞不完的湖草，这些都是最好的有机肥料呀。只要下苦功，把这些都弄到地里去，用来加深土层，增加土壤的有机质。保证化肥都不用，我们的庄稼就能长得好。"大家豁然开朗，纷纷赞同。胡华先乘机向全体社员发出了挑塘泥担湖草上山岗的号召。

冬天，汹涌的赤湖失去了威力，湖水温顺地退回湖心，周边留下一摊黑黝黝的湖泥。太阳还没出来，刺骨的北风呼啸着，路旁的枯草上铺满了白霜，胡华先带头踏进湿软的湖滩，弓腰捧起一捧湖泥，笑呵呵地对社员说："这些肥得流油的泥巴，可都是宝呀！"说罢，他那双强壮有力的大手，抓起铁锹铲向脚下的泥土……很快，湖滩沸腾了，伴着喳喳作响的碎冰声，一锹锹湖泥装进筐中，一根根扁担"吱呀"地唱起歌儿，沿着蜿蜒的山路冲向山间的田野。夏天的赤湖，似火的骄阳笼罩在湖面上，反射出刺眼的强光，腾腾上升的水汽将湖面变成了一个巨大的蒸笼，只有那铺天盖地绿油油的湖草，给滚烫的湖水带来一丝凉意。熟识水性的胡华先仿佛与脚下的木船连成一体，紫铜色的胳臂熟练地伸向绿油油的湖草，一大抱湖草被捞上了船，汗水沾满了他的额头，湖草润湿了他的衣衫。傍晚，天边的夕阳染红了一艘艘满载湖草的木船，也给劳动了一天的社员们镀上了一层亮丽的金色。

从1953年到1965年这十二年时间里，大桥人冬天挑湖泥，夏天捞湖草，把一百余万担湖泥和三十余万担湖草挑上红壤山岗，使全村三分之二的棉地土壤有机质含量达到了中上水平。

为了进一步提高庄稼产量，胡华先还在种植技术改良上大胆进行革新试验。在市、县农业技术干部的指导下，他开始试行棉、麦等行点播套种，一开始，试验结果不尽如人意。胡华先没有放弃，坚持了数年持续性试验，终于摸索出将棉花前作小麦由薄行点播，改为宽窄行条播的方法，并坚持棉籽"四合一"拌种下地，创造了"麦林四边"和"麦收六抢"整套田间管理经验，解决了棉麦争阳光、抢肥料的问题，保证了棉麦双熟、双高产。

新开垦的土地，大多是在偏远的山岗上或陡峭的岭坡上的红壤地，保湿性很差，作物的灌溉成了庄稼丰收的关键，每年抗旱工作成了重中之重。开始，大桥人都得靠扁担水桶挑水抗旱，十分艰苦。为了改变这个局面，胡华先提出筹划建立大桥抽水机站的设想。很快，一支专门组织水利建设的施工队组建起来了。兴修水利需要大量的石头，施工队员们便从十多里外的夏畈乡山上一块块取来石头。第一级抽水机站于1964年动工建设，水利渠修建采取分段分时的方法，逐步完成。1965年投入使用，装机容量

◎ 胡华先察看稻谷长势

一百一十千瓦，提水扬程三十米。一站投入使用后，包括水田在内能灌溉面积七百五十多亩，大大减轻了大桥人的抗旱压力。尝到甜头的大桥人又继续建立了四个二级提水站，五个三级提水站，大山头上都建有提水站，过水的天桥和水利渠道全程三千五百米，全部用石头砌成，工程宏大，十分壮观，这些几十万立方米的土石材料全部靠大桥村民肩挑手砌而成。从此，"瑞昌'铁肩膀'"名扬天下。

1963 年，大桥大队实现棉花亩产皮棉一百一十七斤五两，创历史最高纪录，小麦平均亩产也达到一百八十五斤，在胡华先的率领下，大桥也真正从一个人多地少，地瘠人穷的苦地方变成了一个"田园广阔了，棉花白满山"的美丽富饶的好地方。

全国三八红旗手陈金香

陈金香（1923—2002），女，汉族，中共党员，武蛟乡大桥村人，大桥大队第一任妇女大队长，1964 年出席全省农业先进代表大会，荣获"农业模范"称号，1965 年荣获全国三八红旗手荣誉称号。

陈金香从小在苦水中泡大，十五岁那年，父亲在日寇的一次扫荡中被打死，陈金香沦为孤儿。在那个黑暗、动乱的旧社会，常人都难以活命，何况年少体弱的陈金香。幸亏孤苦伶仃的陈金香被胡华先的爹娘看在眼里，疼在心里，二老好心地收留了陈金香，陈金香长大后嫁给了勤劳的胡华先。

陈金香同胡华先一样，在黑暗的旧社会饱受残酷压迫，所以内心充满了对党、对新社会的热爱。新中国成立后，陈金香积极配合胡华先的工作，并担任了大桥大队第一任妇女大队长，一心扑在工作上。她作为从旧社会过来的女人，明白女人要真正翻身，要做到男女平等，光停留在嘴上是不行的，必须用自己的实际行动去赢得社会的认可。在生产劳动中男人能干的活，女人同样也要能干。于是，陈金香带领妇女们学会

○ 全国三八红旗手陈金香

了犁耙滚糙等庄稼活。在战天斗地，改造大桥村面貌的火热战斗中，大桥村的女性们样样都不比男人差。

由于陈金香表现出色，组织安排她去瑞昌县委党校学习。一心追求上进的陈金香明白这是组织对自己的信任和培养，十分珍惜这次来之不易的学习机会。可当她看到自己身边年幼的孩子时，心里又犯难了：自己走了，孩子们谁来照顾？把孩子交给丈夫？通情达理的陈金香很快否定了自己的想法，陈金香明白身为支书的丈夫心里装着的是整个大桥，每天公家的事都忙不过来，眼下又正是开荒造田的关键时期，怎么能因家事而让丈夫分心呢？而最让陈金香放心不下的是小女儿，出生仅仅三个月，还在吃奶，正是离不开母亲悉心呵护的时候。一边是孩子，一边是党交给的学习任务，陈金香陷入了两难境地。经过一番考虑，陈金香还是选择了后者。她一咬牙，把幼小的女儿托付给别人家，自己每天坚持在家里和县城两点之间奔波。大桥村到瑞昌县城有十几公里，陈金香每天党校学习结束时，已经是下午了，那时又没有班车，回家完全靠两只脚，陈金香每天步行几个小时，回到家中，已经是晚上七八点钟。远远看到村里别人家里窗口都透出温暖的灯光，自己家里却漆黑一片，陈金香知道丈夫又在加班，便不觉地加快脚步。走到村口，看到孩子们正站在路旁眼巴巴等着自己，刚强的陈金香终于忍不住眼泪了。

这次学习让陈金香提高了思想觉悟，却也让她留下了一辈子的遗憾，寄养在别人家的小女儿因发烧突然夭折了。丧女之痛一度让坚强的陈金香陷于痛苦、自责的泥潭中不能自拔，很快，阵痛之后的陈金香走了出来，并更加积极地参加工作。为了使照顾孩子和参加劳动两不误，陈金香一家和原本已经分了家的四弟家又合为一家，这样，一直跟着四弟生活的婆婆就可以同时照顾两家的孩子了。

在那段激情燃烧的岁月里，大桥大队的妇女群体做出了非常卓越的贡献。为了不延误上工时间，她们每天天没亮就早早起床做早餐，洗衣服，有孩子的还要预先安顿好孩子们的起居，真正做到"棒槌一响，衣在竹竿上晾；钟声一响，人在田地里忙"。做了十几年妇女主任的第二生产队女村民王雪桂回忆说："当年，我嫁到大桥胡家，二十九岁时丈夫就病故了，一个人拉扯两女一儿，为了不误出工，根本没时间照看小孩，有时忙得连炒菜的时间都没有，等到大人都出工了，孩子们用餐时，揭开锅盖，看见菜都没有，不懂事的大儿子就气得用菜勺敲打锅盖，那些年锅盖都不知被敲烂了多少个。"陈金香知道了王雪桂的难处，便常常安慰、鼓励她："论年纪，我生得下你；论工作，我说话有时不怎么和软，你要多担待。现在生产任务重，像你这样肯做又会做的妇女不多，你可要坚持住，做好表率哈。其他的事慢慢来，会有办法的。"在陈金香的精心培养下，王雪桂在干农活方面十八般武艺样样精通，不久光荣入党，如今四十多年党龄，做了十几年妇女主任，也吃了不少苦，但她却说："能得到劳模等老前辈的栽培和教育，这是我的荣幸，使我受益一生。风风雨雨一辈子，转头来看，也算是真正做到了'不负韶华，不负青春'。"当地还流传着这样一个故事：女社员夏党枝重病，陈金香既凑钱又请郎中（医生）帮夏党枝看病，夏姑娘康复后感激不尽，做了一双花鞋送给陈金香做纪念。《江西日报》曾报道过此事，并以"红心嫂"赞誉陈金香是群众的贴心人，大桥人还以顺口溜的形式编写了一本歌颂"红心嫂"的小册子，弘扬其奉献精神。

陈金香身为几个孩子的母亲，更深深体会到为人母的妇女在这个新时代立功创业的不容易。家庭、孩子虽然给女人的生活带来快乐，却往往也是羁绊妇女前进步伐的"绳索"。如何解决姐妹们的后顾之忧，让别人的孩子不像自己的孩子遭遇悲剧？陈金香向身为支部书记的丈夫建议，可不可以把全村的孩子集中起来，安排专人照看，这样既能节省劳力，还能让妇女全身心地投入到生产劳动之中。这个想法得到了丈夫的支持，经过村委会讨论，大家一致赞成陈金香的提议。做事雷厉风行的陈金香1953年着手创办了"农忙娃娃组"，率先在大桥建立了托儿所和幼儿园。看着全村的孩子个个都能快乐健康地成长，看着妇女姐妹们个个争当劳动先锋，陈金香欣慰地笑了。这一举措，也得到乡、县、地区等各级妇联组织的赞扬和推广。

就这样，为了工作，陈金香对自己的子女真可谓"铁石"心肠，然而对待社员和社员的孩子，她却是疼爱有加。

大桥村的女性们在那个火热的年代吃苦耐劳，每天不但承担着繁重的家务，照顾着一家老小的日常生活，还要像男人们一样每天按时出工，参加生产劳动，被外界誉为"铁姑娘"，这个"铁姑娘"群体，撑起了"铁肩膀"的半边天。陈金香作为"铁姑娘"的领头人，同时又是"铁肩膀"带头人胡华先的妻子，在生产劳动中更是处处以身作则，带领着妇女姐妹们，凭着钢铁般的意志，勇挑重担，为大桥建设作出了不可磨灭的贡献。为了提高棉粮产量，支持胡华先进行栽培试验，陈金香和黄荷花等十人组成了"十棉姑"试验组，首先从改良土壤入手，冬天上湖滩挑湖泥，增加肥料和地力，夏天下赤湖捞湖草，给庄稼保湿追肥。陈金香不但自己带头挑湖泥、捞湖草，而且把它们作为自己孩子每年寒、暑假的一份特殊的假期作业，要求孩子们必须积极认真完成。

土壤改良的问题解决了，陈金香又潜心钻研栽培技术，不断向植棉劳模邓居圣求教，积累经验和总结失败教训。经过一次又一次的试验，"十棉姑"试验组在一点一三亩试验田中创造了亩产皮棉一百一十八斤的高产纪录。由于成绩突出，陈金香被评为全国三八红旗手。

农技能手邓居圣

邓居圣（1927—2005），瑞昌市武蛟乡大桥村人，1925年11月出生于一户贫苦农民家庭，在兄妹四人中排行老二。读了两年私塾，十二岁丧父，十六岁因家贫回家务农，稚嫩的肩膀扛起养家的重担，犁地耕田、种菜捕鱼样样娴熟，是干农活的行家里手。

因勤快踏实，邓居圣于1950年被选拔到大桥村任基层干部，担任三队互助组组长。他文化水平不高但勤于学习，艰辛劳动之余仍不忘识文断字，一心一意听党话、跟党走，响应党的号召，宣传党的政策。田间地头是他的工作平台，邻里乡亲是他的帮助对象，他密切配合支部书记胡华先，帮助组内乡亲们走上了农业合作化之路。

由于表现突出，1954年邓居圣光荣加入中国共产党，成为一名基层优秀党员，1956年参与组建高级社、人民公社，任大桥村高级社社长、支部书记，后因工作出色，成绩突出，1956年出席江西省首届农业劳模代表大会，荣获全省"植棉模范"称号，并光荣地参加了全国科技大会。

二十世纪五六十年代，大桥"铁肩膀"享誉全国，邓居圣同全国劳模胡华先一道，身先士卒，在党的领导下，带领广大群众战天斗地，披星戴月，不分天寒地冻、高温酷暑，挑湖草、湖泥上山岗，改造贫瘠的红壤丘陵，夺得粮棉丰收，"大桥、大桥变了样，敢教日月换新天"，铸造了"铁肩膀"精神，被评为江西省劳动模范。

⊙ 江西省劳动模范邓居圣

1971年至1975年，大桥公社成立农科所，他担任所长兼技术员，刻苦钻研棉花种植技术，不断提高棉花产量。

邓居圣在"文革"时期一度受到冲击，但他作为一名共产党员，坚定的信仰始终没有改变，经受住了挫折与考验。"文革"结束后，落实政策，邓居圣恢复原职。

1976年至1978年，被借用到江西共产主义劳动大学担任农民教师，向学生传授棉花栽培实用技术，1978年再获"江西省劳动模范"光荣称号。1978年调入瑞昌县农业局，分配到县农科所工作，任支部书记兼技术员，负责棉花高产栽培、棉花良种培育试验。他带领科研团队，攻克一个又一个难关，解决一个又一个难题，精耕细作，精雕细琢。1979年在高产栽培试验中，夺得亩产皮棉三百零六斤的高产纪录，受到各级政府的表扬和奖励，并获得省级科研成果奖。1980年再次被授予"江西省劳动模范"光荣称号。

1983年，邓居圣当选为九江市第八届人大代表，1984年由省政府特批转为国家干部，1986年从市农业局光荣退休。

"三老"书记罗会亮

罗会亮（1923—1998），男，汉族，瑞昌市武蛟乡大桥村一组人，中共党员，大队支部第一任副书记。

罗会亮是个"说老实话、做老实事、当老实人"的"三老"干部，对党的事业忠心耿耿，办事认真。

有村民这样描绘罗会亮：温润、儒雅，柔声细语。这样的罗会亮，似乎很难将其与战天斗地、热火朝天的大桥村建设场景联系在一起，但正是这样的罗会亮，在当年大桥人生产创业第一线岗位上，工作突出，成绩显著，多次出席全县劳模大会，并受到表彰。

1953年，大桥人红红火火的"平土地"开始了。

罗会亮作为村党支部政治委员、副书记，主要负责开荒垦地的调度工作。为了不耽误白天的生产任务，他利用晚上时间制订工作计划，筹集人力物力，调配人手，调整工作进度。每天晚上，别人都沉入梦乡时，他还在为第二天的农活做着各种前期准备工作。白天，他又要带着大家迎着晨曦一起上阵，披着星斗踏着月色回家，拼搏的队伍里，从没有落下他的身影。

⊙ 第一届村党支部政治委员、副书记罗会亮

蛇山山岗上有四十亩红壤地，人们挑湖泥来回一趟六七里，很是艰苦，罗会亮带领着六十多人战斗在那里。他和党员罗时和、老贫农胡茂忠等骨干挑重担、爬高山，走在队伍的最前面。在他们的带领下，人人都发狠苦干，每天天刚亮大家就出工，上灯后才收工。凭着这一股高昂的干劲，原计划一个月完成的任务，他们只用了二十四天。

"可以说大桥创业的辉煌战果，罗会亮功不可没。"当年，每逢有人这样评价自己时，罗会亮总是儒雅大度地说："只要大家不饿肚皮，我个人吃点苦受点累不算啥。"

二十世纪五十年代，大桥人忙着拓荒扩地开辟良田、挑泥挑草改良土壤，有幼儿需要照顾成了家庭的"老大难"问题，商定之下，大桥人决定建一个村办托儿所、幼儿园，后来又筹建了南桥学校，彻底解决了社员的后顾之忧。

罗会亮担起了建校重担。他在忙农活的同时，还抽出休息时间筹划建校事宜，督促建校工作。当时，罗会亮家里正好准备建房子，已经准备了一些砖瓦木料,正待动工。看到建学校还缺不少砖瓦材料,他便与妻子梁火枝商量:家里孩子还小,不急着要房子,先把材料送到学校,以解燃眉之急,自家的事情以后再说。明理的梁火枝非常支持丈夫的决定,立即和罗会亮一道把准备盖新房的材料全拉到南桥学校工地上。罗会亮无私奉献的举动感动了全部大桥人。

大桥村的托儿所、幼儿园和学校办起来了,孩子托管问题解决了,社员们干起活来更是干劲十足。

渐渐地,大桥村的托儿所、幼儿园和学校名声越来越大,1974 年 7 月,九江地区妇联常委(扩大)会议在瑞昌县召开,会议总结、表扬了大桥村的这个经验,功劳簿上罗会亮有着浓墨重彩的一笔。

罗会亮与梁火枝都是村里的干部,劳动时,他们和村里队员一起开荒拓地、挑泥挑草。休息时,别人可以得空干干家里的活儿,照顾照顾孩子,罗会亮夫妇却经常要到乡里、村里开会议事,无暇顾及家里。1963 年的一天深夜,两夫妇都去开会了,只留几个孩子在家。当晚,两岁的儿子突发高烧,十来岁的姐姐急得团团转。最后,是几个姐姐一起把弟弟送到村医务室。医生说幸好及时送医,再晚一步就会有生命危险。

罗会亮对党的事业忠心耿耿,办事认认真真,一心扑在集体事业上,事事带头,从不计较个人名利得失,为人实实在在,是个"说老实话、做老实事、当老实人"的"三老"干部。在那段艰苦岁月里,罗会亮和村里干部、社员一起,实干当先,敢于斗争,奋力进取,铸就了远近闻名的"铁肩膀"精神。

"铁骨头队长"刘家兴

刘家兴(1918—2005),瑞昌市武蛟乡大桥村人,中共党员,第一届村党支部委员,杂湾生产队第一任队长,1965 年荣获"铁骨头队长"

称号，多次获得地、县级表彰。

1953 年，大桥生产大队党支部召开社员大会，发出了"向荒山要地，向湖滩要田"的号召，党支部书记胡华先提出了带领社员先到离家八里路的杨泗岭开荒的建议。胡书记的话音刚落，当场有不少人提出反对意见，有的人认为开垦的荒地离家太远，耕种不方便，划不来；有的人说，自古以来大桥就缺田少地，但大桥人不也照样世代繁衍了下来？刘家兴听到这些反对的话，猛地

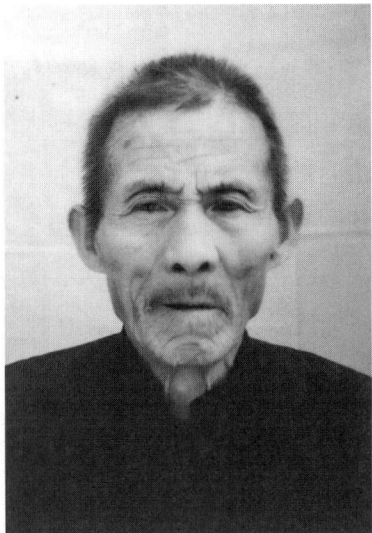

⊙ "铁骨头队长"刘家兴

站起来，说道："旧社会咱们吃够了没田没地的苦头，那样的穷苦日子过去才多久，难道大家全忘了吗？"说到伤心往事刘家兴有点激动，眼角渗出了点点泪花，稍微平息了一会儿，他接着说："现在共产党给我们做主，我们开荒造田，开垦出来的每一分一厘都是咱们自己的！只要有了田地，我们就能过上好日子。感谢共产党领导人民推翻了地主剥削阶级，我们大桥人民才能翻身当家做了主人，才能有条件开荒种地。能干咱们为何不干？依我看，从远至近，周围荒山我们慢慢都是要开垦的。"刘家兴一通声情并茂的发言，引得会场上爆发出经久不息的掌声，那些原来对开荒颇有微词的人也转变了态度，纷纷表示赞同胡书记的提议。刘家兴更是当场表态明天就带队上山开荒。第二天天刚亮，刘家兴便领着本队的强壮劳力，带上米、被子到杨泗岭安营扎寨，开始垦荒工作。在他的带头下，其他生产队也陆续把开垦队伍拉上杨泗岭。

杨泗岭地势平缓，很适合开山造地，可是话说起来容易做起来难。当时农耕技术极其落后，工具简单，除了一把锄头就是一把柴刀。垦荒

社员们凭着一腔敢教日月换新天的热情，用柴刀砍荆棘，拿铁锄挖土石。许多人被划破了手，被树桩扎破了脚，手掌磨起了血泡，虎口开裂，鲜血淋漓，依然咬牙坚持。白天劳动的艰辛不必说，最要命的是晚上，漫山遍野的蚊子密密麻麻，伸手就可以抓一把，"嗡嗡"的叫声像打雷，让劳动了一天的垦荒社员整夜无法入睡。看着社员们体力渐渐跟不上了，大家的劲头也在慢慢消失，刘家兴心里着急，想着垦荒的脚步只能前进不能后退，自己作为队长在这关键时刻更要挺身而出，做出榜样。于是，刘家兴尽管每天夜晚也没有休息好，但第二天仍然保持着高涨的劳动热情，精神抖擞坚守在开荒一线，抢着干最重、最累的活儿。

人心都是肉长的，看着队长为集体如此拼命干，社员们都被深深感动了，工地上恢复了往日的繁忙景象，大家咬牙坚持着，没有一人叫一声苦，也没有一人喊一声累，甚至有社员面对杨泗岭的恶劣环境，竟然轻快、戏谑地说："杨泗岭上有一怪，一把蚊子一碗菜。"

为了保证每天的垦荒工作不停止，同时也让社员们的体力得到恢复，大队决定采取轮班工作制，将垦荒队员分成若干个梯队，这一队工作两天后下山休息，另一队人马再上山接着干。刘家兴觉得上山下山来来回回耽误时间，就带领本队社员坚持不下工。胡华先看到刘家兴这样拼命，心疼地劝说道："家兴呀，开荒工作固然重要，身体却是本钱呀。你看你人瘦了一大圈，眼睛都凹下去了，赶快回家休息一下。"刘家兴听了胡支书的话，笑了笑，憨厚地说："我是队长，我要带头做，队员的眼睛都在盯着我呢。再说，时节耽误不得，早一天把地开垦出来，就可以早一天把种子撒下去。"

刘家兴心中始终坚持着一种朴素的认识：有了土地才会有粮食，才能让大家填饱肚子。过去打长工，流血流汗，最后打下的粮食归地主，现在每一寸土地的收获都是自己的，都是集体的。饱受旧社会剥削和压迫的刘家兴每当想到这些，浑身上下就有使不完的劲。经过四十多天的拼搏，终于在杨泗岭上开垦出四十六亩荒地，大家欢呼雀跃，看到了集体无穷的力量，也增强了继续开荒造地的勇气和信心。

拿下杨泗岭后，刘家兴又一鼓作气，带领社员向大家认为最难啃的"桂石崀"进军。终于，桂石崀、曾家嘴、斗笠坡、封门口等山岗和湖滩都被刘家兴带领的垦荒大军一一征服。整整一年，刘家兴几乎没有回家，大部分的时间都是在开垦荒地的工地上度过的。

为了改良土壤，社党支部做出了挑湖泥担湖草上山岗的决定。刘家兴一听，当场拍胸脯，掷地有声地说："我们四队不但要保证完成支部下达的任务，还要争做全大队的排头兵！"刘家兴立即动员群众积极参加挑湖泥的生产劳动。全队除年老体弱者不能挑，其余社员个个都加入了挑湖泥队伍。刘家兴身先士卒，率先垂范。每天天未亮，社员们还在梦中，他已在晨光微曦中将一担担湖泥送到地里，傍晚收工，社员拖着疲惫的脚步往家走，可刘家兴仍然在苍茫的暮色中一趟又一趟地向地里运送着湖泥。

夜深了，许多村民已经吃好饭、准备上床休息了，刘家兴才在月光中扛着扁担回到家。等候刘家兴回家开饭的妻子，指着桌上早已冰冷的饭菜埋怨道："你做个队长，能保证和社员一道上下工就行，为什么老是比别人出得早回得晚？"刘家兴笑了笑说："我是队长就要先干一步，我不带头谁带头？"

挑湖泥不容易，捞湖草更难。

天刚蒙蒙亮，湖面一片寂静，偶尔传来"哗啦"一声，是鱼儿跃出水面的声音。位于湖中心的大山仿佛黑铁铸成，在阵阵水雾中时隐时现，变换着各种姿势。刘家兴没有心思观看这些他早已熟识的情景，他一边用力有节奏地划动着船桨，一边思考着今天要捞多少船湖草才能超过昨天。一阵凉风吹来，掀开了他那已经被汗浸湿的衣衫，露出了黝黑而结实的胸膛。这条水道，刘家兴已经走过成千上万次，对哪里湖草最丰茂，哪里便于泊船，都烂熟于心。他一大早出门，就是要为随后到来的社员带好路，也是趁着天气凉快，太阳没有出来，先捞上一船湖草。船终于到了目的地，只见一大片绿油油的湖草从湖底长出来，刘家兴迅速而又熟练地抛好船锚，从船上拿起捞湖草的竹竿，弯下腰，向湖草伸过去。平静的湖面被打破了，一簇簇鲜绿的湖草被捞上了船。

这时，朝阳终于将湖面映得一片鲜红。

当社里的青壮年社员划着船来到这块水域，才发现队长的船上已经堆满了小山似的湖草。要知道，夏天捞湖草可遭罪了，头顶似火骄阳，脚泡滚烫湖水，身上蒸着闷热的水汽，站在只有一尺来宽的船头一站就是半天。要捞满一船湖草往往需要四五个小时。为了节省时间，多打些湖草，刘家兴干脆就把午饭带到船上。饿了就在船上吃，渴了就喝一口湖水。

别看湖草柔软，可湖草边缘布满锯齿般的尖刺，常常在不知不觉间将捞湖草人的手上、腿上划出一道道口子。被湖草划破的口子经湖水一浸，火辣辣般刺痛，长期浸在湖水里，伤口也很容易溃烂。刘家兴全身几乎被湖草划得体无完肤，特别是整天浸泡在湖水中的脚丫子溃烂格外严重，又痛又痒，而且越抓越痒。本来医生开了药，让刘家兴别碰湖水，连续搽几天就可以治愈，刘家兴却是一天不下湖心里就难受，一日没捞湖草就不自在，最终被医生诊断：你的脚现在即使搽药也不顶用了。谁知，刘家兴听后，没有后悔，反而更高兴地说："不用搽药就耽误不了捞湖草。"这个脚疾从此成了刘家兴的"长期客人"，以至于刘家兴八十多岁时，仍然饱受折磨。每当脚痒时，刘家兴还会笑呵呵地说："又想地里多长庄稼，又不吃苦受累，天下哪有这么好的事？"

刘家兴务实勤奋、平和谦逊，对自己和家人要求严格。在生产队分工时，总是把最重最脏的活儿分给家里人做。他经常说："这活儿我们不干谁干，只有病死的鬼，没有累死的人。"

由于吃苦耐劳，工作积极，刘家兴受到九江地委和瑞昌县委表彰，被评为地级劳动模范，并被授予"铁骨头队长"荣誉称号。

第四章 "铁肩膀"声誉华夏

1963 年 8 月 31 日，一个普通的夏末初秋的日子，蓝蓝的天空特别纯净，倒映在赤湖里，仿佛分不清哪里是天空，哪里是湖面。大桥大队的社员们正在丘陵耕地里对棉花进行最后一次采摘。他们一边紧张地劳作着，一边热烈地谈论着收成。大家展望着丰收，欢声笑语飘荡在田地的上空。

上午十一点左右，太阳照耀在马路两旁的白杨林里，洒下一路光斑。远远地，三四辆草绿色吉普车缓缓开来，在一处丘陵山岗的棉花地脚下陆续停住，门开了，几位干部模样的人走了出来，直接来到棉花地里，欣喜地看着一朵朵饱满的棉朵，脸上充满了笑意。

他们看到好几个社员挑着装满棉花的大桑篮，稳健地走在田埂上，便让社员停下来，兴致勃勃地与其聊起了天。他们得知大桥村通过开荒增加了一千二百多亩耕地，大桥人靠"一根扁担，两个肩膀"，十年时间给红壤耕地铺上了一百多万担湖泥，二十多万担湖草，让小麦、棉花套种双熟双丰收，不由得发出了赞叹声。一位六十岁左右、戴着眼镜、操着湖北口音的老干部看到两个黝黑又结实的社员袒露出长满老茧的肩膀，便颇感兴趣地用手摸摸那些老茧，心疼又赞许地对身边的另一位六十岁左右的老干部说："刘书记，咱们江西农民干劲不得了哇，您看，

⊙ 时任江西省妇联主席朱旦华同志（左二）视察大桥

他们都有一副铁肩膀……"

过了两天，大桥人才知道，戴着眼镜、操湖北口音的老干部是中共中央华东局书记魏文伯，而"刘书记"则是中共江西省委书记刘俊秀。两人因为听到大桥大队棉花、小麦套种成功的喜讯，便专程前来亲身感受。

魏文伯（1905—1987），湖北新洲人，1926年加入中国共产党，参加过八一南昌起义。新中国成立后，历任华东政法学院第一任院长，中央人民政府司法部副部长，中共上海市委书记处书记，中共中央华东局书记处候补书记兼秘书长、中共中央华东局书记，中共中央纪律检查委员会副书记，司法部部长，中顾委委员等重要职务。

刘俊秀（1904—1985），江西永新人，1927年加入中国共产党，曾出席了在瑞金举行的中华苏维埃第二次全国代表大会和中共七大。新中国成立后，历任中共江西省委组织部部长、省委常委，江西省委第二副书记，中共江西省委书记，中顾委委员等重要职务。

　　这两位党的高级领导干部视察大桥并给予了大桥人热情的赞扬，代表了中共江西省委、中共中央华东局对于大桥人在社会主义建设时期苦干硬干加巧干作风的充分肯定。尤其是"铁肩膀"这一句朴素的比喻，更是通过党的高级领导在田间地头的"现场直播"，如飞翔的翅膀，传遍了华夏大地。

　　从此，"铁肩膀"这个富有时代气息的名词闻名天下。在那激情燃烧的岁月中，在全国各条战线的劳动创业典型事迹中，都诞生了无数可歌可泣的事迹，但直接被命名为"铁肩膀"的，瑞昌县大桥村是第一个。"铁肩膀大桥人"从此成了大桥人的自豪，成了大桥人的标签，成了瑞昌人艰苦创业精神的代名词。

⊙ 杨尚奎同志（右一）与胡华先亲切交谈

　　1965年10月4日至5日，中共江西省委书记杨尚奎视察瑞昌，在大桥大队与胡华先一起在田间劳动，鼓励他带领大桥人民继续为棉花生产做出更大贡献。

　　1966年12月，时令已到深冬，全国妇联主席康克清大姐来到大桥视察。那年棉花大丰收，全村妇女都穿上准备过年穿的崭新棉衣、棉鞋。康大姐看到她们穿着

⊙ 康克清同志（右三）与大桥妇女在一起

精神、容光焕发的样子，高兴地说："你们真是自力更生，丰衣足食。"

当时，全国上上下下掀起了学习大桥"铁肩膀"作风的活动，从中央到地方各级新闻媒体集中报道了大桥"铁肩膀"。

第一次在媒体上出现"铁肩膀"这个称呼，是 1964 年 5 月 16 日，《江西日报》头版刊登了《铁肩膀大桥》长篇通讯，同时配发了大桥"铁肩膀"集体胡华先、陈金香、刘家兴、胡华礼、程德财五位代表的合影，文章翔实报道了大桥人民在党的领导下，认真贯彻执行党的方针政策，善于在群众中培养集体主义、爱国主义思想，以党支部书记胡华先为首的干部班子，继承发扬了我党不怕困难，艰苦奋斗的优良

⊙ 1964 年 5 月 16 日，《江西日报》头版刊登《铁肩膀大桥》长篇通讯

革命传统，响应国家号召，"自力更生，丰衣足食"，在贫瘠的红壤上开荒改造，获得小麦、棉花套种双丰收的先进事迹，号召全省人民向"铁肩膀"大桥人学习。

第二天，即 1964 年 5 月 17 日，《九江日报》头版刊登了长篇通讯

《铁肩膀大桥》，用了一万多字的篇幅，分四个部分，详细介绍了瑞昌县大桥生产大队棉花、小麦套种的技术经验，得到了社会广泛关注。瑞昌周边县市单位纷纷组织人员前来参观学习。

作为中共江西省委机关报的《江西日报》和作为中共九江地委机关报的《九江日报》连续刊发重头文章，报道大桥"铁肩膀"，当然引起了中共中央华东局机关报《解放日报》的重视。三个月后，1964 年 9 月 17日，《解放日报》专版刊发了《铁肩膀大桥人》长篇通讯，并同时发表了《铁肩膀赞》社论，高度评价了大桥人自力更生、艰苦奋斗的创业精神。

⊙ 1964 年 9 月 17 日，《解放日报》刊登《铁肩膀大桥人》长篇通讯和《铁肩膀赞》社论

之后，各大媒体对大桥"铁肩膀"的宣传日益升温。

1965 年 3 月 2 日，《九江日报》头版刊登了《铁肩膀大桥在前进》长篇报道，配发了胡华先带领群众挑湖泥的照片。

1965 年 4 月 19 日，《九江日报》刊登了《大桥人》通讯报道，配发了十位骨干包括胡华先、陈金香、罗会亮等在内的集体照片。

⊙《九江日报》题照

1965年7月，中共九江地委高度赞扬大桥大队的"铁肩膀"精神，江西省新闻管理局派出新闻拍摄工作小组，将大桥棉花的生产情况拍成《铁肩膀大桥》纪录片，在全省巡回放映。

1966年2月，中国农业出版社出版了《铁肩膀大桥人》宣传图书，印刷三万册向全国发行。同时，大桥人的先进事迹在北京农业展览馆进行展览宣传，重点宣传了七个方面：

⊙《铁肩膀大桥人》宣传图书

一、艰苦奋斗十二年，穷乡僻壤面貌新；二、英雄立下愚公志，荒山荒湖变良田；三、铁肩挑泥为革命，红壤薄地换新装；四、扁担水桶胜龙王，劈山引水上山岗；五、胸怀全局搞试验，巧夺棉麦双丰产；六、革命精神创大业，人换思想地换装；七、不断革命向前看，继续攀登新高峰。

1965年11月，大桥大队被评为全国农业红旗单位。

全国植棉劳动模范胡华先以及他带领的"铁肩膀"大桥人劳模集体的光辉事迹至今在全国广为传颂。

大桥大队的事迹还曾得到党和国家领导人的关注。

那是二十世纪五十年代末期，全国农作物减产减收，粮食供应极度困难。但是，当时的大桥生产大队却逆势而上，棉花、水稻、小麦产量大幅增长，做到了"大桥跨大步，大灾大丰收"，瑞昌县各个公社各个大队前往大桥学习生产经验。瑞昌县文化馆的创作人员前往队员家中，前往田间地头，体验他们的生产、生活，并创作了《捞湖草》《大桥变了样》《红心嫂》《大桥姑娘喜事多》等一批赞美勤劳，赞美奉献，歌颂"铁肩膀"的劳动歌曲，一时传遍瑞昌。

1959年8月2日至16日，中共中央八届八中全会在庐山召开。休

⊙ 大桥村女青年学习歌舞情景

会期间，赞美大桥人民艰苦奋斗，改造田园的歌曲《大桥姑娘喜事多》被选送到庐山演出，周恩来总理、朱德委员长观看了演出并亲切接见了演出人员。

第二编

"铁肩膀" 担起了祥瑞昌盛

思想解放，特别是高级干部的思想解放，对社会主义建设有决定的意义。后来者可以居上，一个时代有一个时代的语言，新时代总有新语言。要敢想、敢说、敢干，富有创造性。

——邓小平

"一九七九年,那是一个春天……"二十世纪九十年代,《春天的故事》传遍中华大地,中国改革开放大业如火如荼。

在改革春风的吹拂下,勤劳智慧的瑞昌人民开动脑筋,勤劳苦干,大力发展社会主义市场经济。人民厂、武山铜矿、四九一、四五九、六二一四等新中国成立初期落户瑞昌的一批大中型国有企业,在改革过程中获得新生,破茧高飞,造就了瑞昌工业雄厚的技术力量和经济发展基础,把瑞昌打造成为九江地区重要的重工业基地。1989年,瑞昌撤县设市,成为江西省首批撤县设市的先行者之一,充分表明了江西省委、省政府和九江地委、行署对瑞昌工业地位的重视。

工业地位确立后,随后,江联造船、亚东水泥、理文造纸、理文化工、中林集团等一家家大型企业入驻瑞昌,瑞昌市的现代化工业发展迈入了高速快车道。

在这改革滚滚浪潮中,瑞昌各行各业在"铁肩膀大桥人"作风的鼓舞下,传承了前辈"一根扁担,两个肩膀"的精神,涌现出大量享誉全国、全省的劳模,他们埋头苦干加巧干,默默奉献,为瑞昌经济、社会的大踏步前进贡献了无穷的力量!

瑞昌麻纺厂的女职工何海花,从挡车工,组长,班长,师傅到车间主任,在平凡的岗位上贡献着自己的青春岁月……

在中材科技任职的设备经理徐勋乔,曾是生产一线的标兵,他对车间的每一个机组,对机组的每一个零件,都了如指掌……

贩鸭蛋的姑娘何雪平成功创办瑞昌市溢香农产品有限公司,让一枚鸭蛋香遍全国……

…………

正是这些劳模们的"铁肩膀"精神,感动着、带动着、推动着瑞昌人民勤劳奋斗,打拼创业,让瑞昌的经济发展获得令人瞩目的成就。

第一章 光线与纱线交织的岁月

——记 2010 年全国劳动模范何海花

瑞昌市，地处赣西北，自古盛产苎麻，素有"苎麻之乡"的美称。苎麻是重要的工业原料，可以加工制成麻纤布、的确良、呢、毯等，还可以进行棉麻混纺、麻纤混纺。

二十世纪八十年代，瑞昌市苎麻种植面积约两万五千亩，年产苎麻五万担。原材料如此丰富，1980 年，瑞昌县政府决定做强做大苎麻产业，将原瑞昌化肥厂、瑞昌化工厂合并成立"瑞昌苎麻纺织厂"，简称"瑞昌麻纺厂"，转产苎麻，以发挥原材料优势。麻纺厂全体职工上下一心，艰苦奋斗，当年就生产出了半成品精干麻三百三十吨，实现工业总产值一百八十万元。1982 年，瑞昌苎麻厂又与瑞昌针织厂合并，生产成品麻球一百多吨，1983 年麻球产量增加到两百吨。当时瑞昌麻纺厂生产的产品主要有精干麻、麻球、麻饼、麻纱等，填补了江西省麻纺产品的空白，产品远销朝鲜、日本、美国及中国香港、中国台湾。

没有荆棘，就没有百折不挠的开拓者；没有改革开放的浪潮，就没有无畏果敢的弄潮儿。任何行业、任何工种、任何人，只有自觉地把人生理想融入国家和民族的共同理想中，才能见证国家的进步与发展，让生命之花尽情绽放。何海花，就是这样一位在"铁肩膀"精神鼓舞下，

⊙ 何海花（右一）与同事在车间

认真干事业的弄潮儿。

何海花，女，1967年8月出生，瑞昌市桂林街道人，中共党员，高中学历，曾任瑞昌市鸿达纺织有限公司车间主任，现已退休。

何海花1983年进入瑞昌麻纺厂，一直从事纺织行业工作，从挡车工、组长、班长、师傅，一直做到车间主任，在平凡的岗位上做出了不平凡的贡献，展现了新时期纺织女性的风采，多次获得总厂"先进个人""三八红旗手""优秀共产党员"等光荣称号，2004年被评为九江市创新能手，所在车间被评为九江市十大巾帼文明车间。2005年荣获"江西省劳动模范"称号，2006年11月，作为瑞昌市唯一的女性代表，光荣出席江西省第十二次党代会。2007年被评为全国纺织行业优秀思想政治工作者，2010年被评为全国劳动模范，2017年被评选为中国棉纺织行业"传承大工匠"。

她在飞转的织机里穿梭自己的青春，用热血和汗水在纵横交错的纱线里编织着美好人生，为企业、为社会作出了突出贡献，展现了时代女性的风采！

以下，撷取几个特别能展现何海花时代"铁肩膀"精神的事例。

车间新来的姑娘有点傻

"海花，跟你说个事儿，咱还是不上高中了，过几天去我们县里麻纺厂上班吧。"饭桌上，父亲对高二学生何海花说。

"不念高中直接上班呀，可以呀！"何海花听说可以工作了，很爽快就答应了。

"你不是想念大学吗？怎么答应得这么快？"父亲追问了一句。

"上大学不就是想有份好工作吗？现在有份好工作，不上大学也可以呀。"海花还是一脸的笑容。

"你能这样想就好了，我还担心你不同意，怕委屈了你呢。"父亲也松了口气。

"在高中能学到很多书本上的知识，但是参加工作后，我可以学到好多书本上学不到的知识呀。再说，咱们家也不富裕，早点工作没坏处啊。"海花懂事地说。

1983 年，能进厂当一名工人，算是有国家编制的人，是件很令人自豪的事情。更何况，当时麻纺厂效益好，工资和福利待遇都不错。于是，高中还未毕业，十六岁的何海花就进入了瑞昌麻纺厂，当了一名纺织女工。

> 千百织女穿机房，
> 飞针走线手脚忙。
> 天边云霞近来少，
> 应是采来做霓裳。

刚进厂，先从学徒工干起。第一次走进车间，脸儿红扑扑、扎着一对麻花辫的何海花非常好奇，也许是因为还没有正式开始工作，稚嫩和天真的她看到的不是忙碌和辛苦，反而觉得一切都是那么美好。机器的轰鸣声在她听来仿佛是美妙的音符在跳跃。一排排机器在不停地运转着，纱线和光线交织着，姑娘们灵巧熟练地操作着。想着以后在整洁的车间穿梭来往工作欢畅还有一份不错的收入，她就非常开心。

刚刚参加工作的她，带着新鲜和好奇，带着初生牛犊不怕虎的干劲，很快成为瑞昌麻纺厂的"傻姐儿"。厂里的人都知道有个叫何海花的姑娘不是一般的"傻"，脏活儿、累活儿，她总是抢着干，有人缺岗，只要跟她说一声，她都乐意顶上去。

"海花，下班了，一起回去吧。"同事约她一起。

"你先回去吧，我把车间打扫一下。"

"海花，我家孩子身体有点不舒服，晚班你帮我顶一下吧？"同事向她求助。

"没问题，你安心照顾好孩子吧，我帮你顶班，放心吧。"

久而久之，大家都知道了车间新来的这个姑娘很好说话，让干啥就干啥，很讨人喜欢。

何海花不仅肯吃苦，做事还特别用心。她刚进厂时干的是挡车工，因为手脚麻利，干活勤快，还上过高中，所以车间主任总是有意识地培养她，各种工序都让她学学。何海花也总是乐滋滋的，心想："技多不压身，多学点总没有坏处的。"于是一有空闲，她便一门心思地钻研起麻纺厂的每一道工序，先是虚心地向师傅们请教，然后再自己练习，常常练着练着，就是几个小时。

工作中，何海花能做到眼勤、腿勤、手勤、嘴勤、耳勤。俗话说"十勤九不输"，很快，她就掌握了全套苎麻工艺流程的纺纱技术要领。她耳朵一听，就能识别机器运转是正常还是异常。如果听出机器运转不正常了，她还能把机器修好。一天下来，她比其他员工要多跑好多路，多

⊙ 共青团瑞昌县麻纺总厂第二次代表大会全体成员合影留念（前排左三为何海花）

流好多汗。往往下班时，她才发现自己身上沾满了飞絮，眉毛和鼻腔里都是白白的，衣服也湿透了，上班时根本就没有时间擦一擦，洗一洗。

厂里不少员工刚开始都认为何海花刚进厂，因为年轻，因为新鲜，所以爱出风头，等新鲜劲儿一过就会懈怠下来，不会坚持多久的。但是一路看过来，发现这姑娘竟然天天如此，丝毫没有松劲，于是大家也改变了看法，纷纷竖起了大拇指："这姑娘不错，是实在、实干的人！"师傅们也非常喜欢这个勤快又好学的姑娘，不仅耐心教她学习各项技能，还总夸她："这孩子肯吃苦，脑瓜也很不错哩！学啥都快！"

何海花渐渐成长起来，由一名挡车工逐渐被提拔为组长、班长、总教练、车间主任，成了麻纺厂生产部门的专家，并于1995年光荣加入中国共产党。

解不开的瑞昌纺织情结

岁月在纱线与光阴的交错中不紧不慢地悠然前行，在无忧无虑的青春时代，做着自己喜欢的工作，安稳恬淡，时光静好，何海花非常满足。

因为喜欢，所以热爱，何海花干得很欢、学得也欢，很快，就由一名生手磨炼成熟手了。她以为自己一辈子就这样一直干下去，但是没想到，1996年，曾经辉煌耀眼的瑞昌麻纺厂竟然倒闭了。收到下岗通知书的时候，何海花惊呆了，眼泪止不住地往下流。"从1983年到1996年，十三年来，我没一刻闲着，这么勤快，这么积极，是哪里做得不够好吗？竟然说让我下岗就下岗了！"她很困惑，但更多的是难过、是迷茫。从十六岁起就一直在麻纺厂干，却在风华正茂、意气风发的时候失业了。才三十来岁啊，下一步怎么走？

想不通归想不通，难过归难过，生活还得继续。敢问路在何方，路在脚下。擦干眼泪，何海花骨子里的拼劲和闯劲迸发了出来，她背起行囊只身南下，到广州和深圳打工去了。

打工期间，她进过厂，做过拉长（生产线组长），当过售货员、开过夜市排档，在现实社会中的多次历练，让她刚毅的性格中又多了一份睿智和沉稳。

几经摸爬，凭着能吃苦、肯做事的精神头，何海花在深圳信南实业公司站稳了脚跟，每月能领到一千五百元工资，还包吃包住，比在麻纺厂上班时工资高很多。日子一天一天好起来了，她也渐渐从下岗的阴影中走了出来。

打工时期的这一千多个日日夜夜，她不仅工资高了，还开阔了眼界，拓展了思维，了解了市场经济发展的大趋势，品尝到了奋斗者的艰辛，历练了不屈不挠的斗志，积累了不同行业、不同职位的工作经验。这些经历，教会了她如何面对现实、面对生活、面对困难，也使她形成了柔韧中不乏刚毅的性格和激发了她顽强拼搏的精神。

2000年，瑞昌麻纺厂转型重组，成为民营股份制企业，新公司名昌发纺织有限公司。成立之初，百废待兴，设备陈旧老化、资金短缺、人员不足。怎样才能快速地重新开工生产呢？召集老员工无疑是最好的办法，一来都是熟手，二来也有纺织人特有的纺织情结吧。

何海花一听到这个消息，立刻就动了回家的念头。当时厂里的姐妹们都劝她："海花，你好不容易在深圳站稳脚跟，刚提了拉长，有前途了，咋就想着要回去了，这一回去，还不知道原来的公司要不要你呢。而且，即使公司要你了，能每月给你一千五百元的工资吗？"深圳公司老板听说这么优秀的员工要辞职回家，也极力挽留。何海花说："我是瑞昌人，我的亲人、我的朋友都在瑞昌，在家里做事感觉踏实。而且我觉得我和纺织厂是有感情的，毕竟在那里干了十几年。割舍不下。"她打点行李，毅然回到了家乡。

时任瑞昌昌发纺织有限公司董事长冷绪义早就听说了何海花这个人，英雄相见恨晚。简单地面谈过后，他立即对何海花说："我早就听说你的大名了，百闻不如一见，你马上就来上班吧。"

经纬纺线谱华章

爱我所爱，行我所行，听从我心，无问西东。走在家乡宽阔的马路上，习习晚风吹来阵阵乡土的气息，鸟语伴着花香，空气中弥漫着家乡特有的香甜味道。

回到熟悉的地方，和熟识的工友们一起开心地干着活儿，何海花心里畅快极了。虽然在家乡工作工资只有五百元左右，比在深圳打工时少了一千元，但是她从来不后悔自己的决定。

因为有几年在外漂泊、打拼的工作经历，她非常珍惜这来之不易的岗位，比以前更加努力了。冷绪义董事长非常欣赏她这种勇于担当、肯钻敢拼、永不言败的劲儿，聘任何海花为长纺车间主任，并由她兼车间党支部书记。在任长纺车间主任和党支部书记期间，渐渐成长、成熟起来的何海花不仅提高了自己的各项技能还提升了自己的管理能力。她常常语重心长地跟员工说：以前，我以为进了瑞昌麻纺厂，端着的是"铁饭碗"，但是没有想到"铁饭碗"也有被砸的时候，现在我深深体会到，一个人，只要端正自己的品行，学好扎实的本领，技术过硬，工作中肯吃苦，这"铁饭碗"就牢牢掌握在我们自己的手中，永远不会被砸。

改制后的昌发公司焕发出了蓬勃生机，充满了朝气，很快就扭转了连年亏损的局面，仅半年时间就实现盈利两百余万元。随着公司效益不断增长和市场不断拓展，现有的生产设备和产能难以适应发展的需要。2004年初，昌发公司在瑞昌工业园新建了鸿达纺织有限公司。

不怕吃苦、不怕吃亏，能力强、懂业务的何海花被聘为鸿达纺织有限公司的环锭纺车间主任。新公司引进了许多新设备，她面对的是全新的、自动化程度很高的棉纺工艺，与她熟悉的麻纺工艺有很大区别。对何海花来说，这又是个挑战。但是她却乐观地说："我是一块砖，哪里需要哪里搬。领导们信任我，我一定不会辜负这份信任的！"

"火车跑得快，全靠车头带"，何海花作为车间的"火车头"，自己首先必须全面掌握棉纺工艺，熟悉清花—梳棉—并条—条卷—精梳—粗纱—细纱—络筒—捻线—摇纱这一整套工序的操作与管理。以往的经验明显不够用，她便亲自带队赴湖北第二棉纺厂学习。

学习期间，何海花和员工们吃住在一起，带着员工们没日没夜浸泡在生产车间，不厌其烦地向师傅们请教，不停地上机实践。湖北第二棉纺厂的师傅们都说："以前也有来参观学习的人，但是都是在旁边看着，走马观花。这次来学习的是最较真的，跟我们一样上着班，不懂就问，不停地问，不停地动手。这一批人学得最扎实。"两个月学习结束，有人笑着说，海花你好像瘦了很多。她往秤上一站，体重真比学习前少了二十来斤。她大声说："真好，学成归来，还顺便免费减了个肥，划算啊！"

更磨人的还是试投产运营阶段。因为新公司设备都是新买的，所以还摸不清门道，用起来还不熟练。员工大多数是刚招进来的生手，新员工大多数抱着试试看的心理，工资可以，干得开心的话，就留在这里干下去；一言不合说不干也就不干了。因此，你手把手地教她们技术的同时，还得注意她们的思想动态，时不时要给她们鼓鼓劲，加加油。有时下班了，何海花也要上门和员工们沟通交流一下，做做思想工作。培养一个熟手不容易，来一个能留住一个，就能节约很多时间。对于企业来说，时间就是成本。

有段时间，她发现一直很老实的员工何仁国竟然连续迟到了几次，上班时还有点魂不守舍，便问是怎么回事，何仁国愁眉苦脸地说："老婆腰椎间盘突出，要做手术，可是家里小孩多，还都在读书，开支大得很。不知道从哪里去筹这笔手术费。"何海花一听，二话不说，马上从家里取来一万块钱，说："先拿去看病吧，病治好了，才能安心上班啊。"

何海花每天就这么忙着新公司的事，家里的事都顾不上了。

"婆婆，孩子还是要麻烦您带着了。"下班后，何海花将孩子带到婆婆家，歉疚地说。

"你这忙到啥时候才是个头啊。我身体还好，帮你带带当然没问题，但是孩子正处在青春期，你也要多陪陪他啊。"婆婆还是很通情达理地答应了。

把孩子托付给婆婆后，何海花就一心扑在新公司，每天早上六点骑着自行车上班，先是查看一下晚班的工作情况，再想想当天要完成的任务，布置白班的工作，晚上她都是等到接班员全部到位，机器正常运转后，才放心下班。在等待的空隙还细心地教教新来的员工。新来的员工一看车间主任这么敬业、这么平易近人，也都舍不得离开了。她们说："这公司多好呀，管理人员这么热心，还能学到很多技能呢。"

何海花还巧妙地运用"以人为本，诚信和善"的企业理念凝聚人心。同时，还开展了"三培两推"的劳动竞赛活动，把熟练工培养成骨干，把骨干培养成党员，把党员培养成生产经营能手，然后把党员中的技术能手推选为班组长，把中层岗位的党员推选到决策层，让每位员工都觉得干得有前途，明白干得好与干得差是有很大区别的，以提高员工的责任感和集体荣誉感。每到周末，她还会定期给新上岗的员工授课。在她的悉心培训和耐心帮教下，鸿达纺织公司的新员工们往往只用三个月的时间就能熟练地上机操作。而一般情况下，纺织公司新员工通常都得花半年时间才能上机。

在大家共同努力下，新生产线很快正式投产了，看到一台台机器有序地运转着，看着缕缕纱线成卷、打包、入库，何海花甜甜地笑了。

作为车间主任，何海花不仅是日常生产活动的管理者，还是公司的技术骨干，车间只要有新设备上线，组装—调试—运转，她每次都坚守在第一线。累了、困了，就靠在椅子上小憩一下；渴了、饿了，就喝瓶矿泉水，泡上一包方便面。凭着这股子钻劲和韧劲，鸿达纺织的机器设备十多年来都没有停止过运转，正常情况下的生产没有停滞过，生产的"西江月"牌纱线更是享誉大江南北。

据统计，在全国制造业民营企业中，能保持常态运行和持续发展十五年以上的企业不足百分之五，而鸿达纺织有限公司恰恰在这百分之五之列，多么不容易啊。何海花既是公司创业、创新路上的实践者，也是企业发展的见证人。

平凡岗位成就不平凡人生

在大多数人看来，创业道路上充满了艰辛，布满了荆棘，有无限的焦虑和无尽的孤独，是一场赤足穿越熊熊烈火的苦修行。但是，在创业者本人看来，它更像是一种砥砺，因为他们的心中满是对希望和未来的憧憬，所以他们心中有乐、有爱、有累，却没有苦。

在何海花的带领下，在全体员工的共同努力下，鸿达纺织有限公司不断发展壮大，效益也不断提高，员工月工资也由当初的四五百元提高到现在的三四千元，公司连续多年荣获全国纺织服装行业竞争力 500 强荣誉。

以厂为家，全身心扑在工作上的何海花个人也先后荣获"江西省劳动模范""全国劳动模范""全国纺织行业优秀思想政治工作者"等光荣称号。

在本书采写过程中，冷绪义董事长这样评价何海花："她做事让人很放心，公司里每一个岗位的事她都懂、都会，哪个岗位缺人她都能顶上去，是个多面手。她对每台机子都非常熟悉，机子出现故障她都能在第一时间修好。她是把工作当作娱乐去做的，经常一天工作十二小时以上。她管理员工方法多样而且科学，不简单粗暴，很用心，员工们都称她是'知心大姐'。何海花是实在的人、是实干的人，是名副其实的劳模，也是我们公司优秀的党支部书记。"

2010 年，何海花被评为全国劳动模范，2010 年 4 月 27 日，她出席了全国劳动模范和先进工作者表彰大会，当胡锦涛总书记和温家宝总理步入主席台时，她激动得热泪盈眶，她说："我只是一个常年工作在一

⊙ 何海花（左二）与其他全国劳动模范、全国先进工作者合影留念

线的普通工人，却这么荣幸，能获得国家授予的这么高的荣誉，在倍感幸福和光荣的同时，更深深地感受到党和政府以及全国人民对劳动者的无比尊敬。这荣誉，是国家对劳动者的嘉奖，给了我，也给了广大劳动工作者无穷的力量。"

我第一次约何海花的时候，她正在医院陪护，家里有老人生病了，丈夫身体一直不是很好，照顾病人的担子便落在她的身上。她自己年纪也不小了，公司里有精心培养的接班人了，她可以抽空陪陪家人了。她的声音很好听，中气十足，给人干脆利落、豪爽大气的印象，一点都没有全国劳模的架子，很好沟通。

何海花非常健谈，很快打开了话匣子："我出生在一个普通的、幸福的家庭，父母勤劳、肯干，所以也造就了我不怕吃亏、肯吃苦的性格吧。这么多年，我见证了纺织行业的起起落落，也见证了祖国的飞速发展，瑞昌的快速发展，我个人只是千千万万个建设者中的一员，真的是微不足道。"说起瑞昌纺织业的发展，她说："过去一台机子需要四个人操作，产量只有五百公斤，现在一台机子只需要一个人操作，产量却可以达到一点五吨。车间里的棉尘、飞絮也因喷淋作业而少了许多。产量高，人员少，车间环境好，发展得非常快！幸福都是奋斗出来的！"谈及未来，何海花说："荣誉属于过去，继续做好本职工作才是正道。今后，将一如既往立足岗位，脚踏实地多做事、做好事，弘扬科学精神和工匠精神，发挥更多光和热。"

朝赏莺啼暮送霞，巧裁春色入千家。人生之路从来都没有一马平川，有坦途有坎坷，有甜蜜有苦涩。光线与纱线交织的岁月里，信心是希望的火种。不经历人生的风风雨雨，怎能见到绚烂的彩虹。一个平凡的劳动者的梦想与期望在经纬间穿梭，用汗水和泪水谱写希望之歌，目标和信念是战胜困难的利剑。成绩和付出永远都是成正比的，一分耕耘就会有一分收获。唯有上下求索，努力奋斗，勇往直前，才能振兴我们的家园，唯有初心不改，牢记使命，众志成城，才能实现中华民族伟大复兴！

第二章 让每一座机组、每一个零件闪闪发光
——记2010年江西省劳动模范徐勋乔

徐勋乔，男，大专学历，中共党员，1971出生于瑞昌市桂林街道庆丰村一户普通农民家庭，现为中材科技（九江）公司设备经理。自1989年9月参加工作以来，一直坚守在生产一线，先后担任公司机电维修班长、车间主任、经理助理、设备经理等职。

参加工作以来，他踏实肯干、吃苦耐劳、勇于担当、敢于负责，认真学习安全业务知识和机电一体化知识，善于总结平时的工作经验，积极参与科技创新，被同事亲切地称为"乔大拿"。多年来，他带领维保团队，

⊙ 江西省劳动模范徐勋乔

克服人员紧缺、年龄偏大、工作难度高等困难，既当"师傅"又当"小伙子"，用自己任劳任怨、坚韧不拔的执着精神演绎了平凡而不平庸的"铁通"人生，一次次圆满完成上级安排的生产任务，确保公司设备正常运行，多次荣获公司及瑞昌市"创新能手"称号。2010年4月荣获"九江市劳动模范"称号，同年12月获得"江西省劳动模范"称号。

勤奋好学的老兵

作为专业维护人员，没有技术是万万不能的，徐勋乔同志担任维保主任时已经快四十岁，算是一名"老兵"了。虽然错过了学习的黄金期，但天生不服输的他没有气馁，本着老鸟先飞、笨鸟先飞的原则，默默选择了刻苦钻研。

平日里无论工作多忙、时间多紧，他总是把学习知识作为日常工作和生活中不可缺少的一部分，想方设法利用作息时间、工闲时间积极学习电脑网络知识及机电一体化知识，将理论与实践相结合，积极参加公司组织的各种业务学习培训，遇到不懂的地方，他以"打破砂锅问到底"的"钉子精神"向公司里的行业专家请教，直到弄懂悟透为止。在不断加强自身业务学习的同时，他从不放松"传、帮、带"工作，他经常组织大家一起学习专业技术知识，并不失时机地以适时提问的方式来了解、测试大家的学习情况及进度。

长时间的不懈努力终于有了回报，勤奋好学的他很快被同行赞为技术业务的行家里手，并被大家亲切地称为"乔大拿"。在他的影响和带动下，公司维保团队的理论和实际操作技能得到了大幅提升。

安全管理的尖兵

多年来，徐勋乔凭借着出色的工作能力、心系群众的高尚情操和无私奉献的精神，追求着自己的人生理想，践行入党誓词，从一名普通的一线员工慢慢成长为一线管理者，赢得了领导的好评和同事的认可。

徐勋乔和他的维保团队担负着中材科技（九江）公司设备改造、维保、工装备件、配合项目建设等工作。他时刻不忘以一个共产党员的标准来严格要求自己，做事低调勤勉，刻苦钻研业务知识，不断努力提高自身综合素质，以适应管理工作的需求。

他始终铭记"一岗双责，管生产必须管安全"理念，不定期组织员工学习国家安全生产法律法规及公司的各项规章制度，安排每天工作的同时，时刻把员工安全放在第一位，定时对制造部设备进行巡查，发现安全隐患及时处理，安全隐患整改率达到百分之九十六，员工未发生一起工伤事故，按时按质完成集团公司、苏州公司、九江公司整改一百六十余项，为企业的安全管理树立了良好典范，赢得了上级的高度赞誉，成为安全管理领域名副其实的尖兵。

节能减排的精兵

在全力做好安全管理工作的同时，徐勋乔认真贯彻落实公司降本增效的方案，成了公司节能减排的精兵。一是历行节能减排，狠抓"跑冒滴漏"，引导职工开展小改革、提合理化建议等活动，营造良好的节约氛围，达到降本增效的目的；二是以老旧设备自动化改造提高技术和产业化生产为手段，使之恢复性能甚至获得新的性能，延长设备使用寿命，达到提高班产量以及修旧超新的目的；三是做好修旧利废工作，备件的更换须经专业技术人员鉴定，对更换下来的接触器、减速机、变频器等均纳入科学管控范围，对有利用价值和能修复的备件修复再利用；四是完善设备维护管理制度，确保设备运行正常，加强维护可靠性运行，改善设备工作条件，降低设备损耗，有效推进降本增效。这一系列有效措施，每年能为公司节省资金五十余万元。

设备管理工作紧跟公司发展步伐，徐勋乔不断推动制造部班组人员自主维护保养试点工作，奖罚分明，激励员工。提高操作工维保的积极性和主动性也是徐勋乔不懈的追求。他不断加强班组建设，努力提升班组长的个人业务能力和组织协调能力，取得了良好效果。同时，他创新工作思路，积极建立设备润滑、点检工作奖励机制，提高巡检质量；设立专职巡检员，配备专业检测仪器，对设备润滑泵、机械传动、天然气设施等使用情况进行实时管控，对违规行为不姑息、不包庇，先后开具罚单二十四起，通报批评二十二起，发现故障及时报修，防止突发性故障发生，杜绝生产安全事故发生，确保了公司生产安全稳定地运行。

生产一线的标兵

记不清，有多少个节假日，徐勋乔是在加班中度过的。多年来，不论白天黑夜，无论担任管理还是操作工作，只要设备出了故障，他总是随叫随到。一次生产重点设备翻板收口机故障大修，他坚持在工作一线监管，全心投入工作直到凌晨两三点钟，他率先垂范的作风和敬业爱岗的精神激发了维修组成员的职责感和使命感，调动了大家的积极性，经过三天两夜奋战，圆满完成设备大修任务，为公司生产顺利推进立下功劳。

为保证成都二号合同 356-150LCNG 钢瓶顺利交货，公司决定在制造部二车间实现成品下线。计划制订后，徐勋乔带领团队克服疫情期间种种不利影响，紧紧围绕公司、部门制订的计划科学施工，确保每天的计划任务都能按时按量完成，未完成的则自觉加班。在他的带领下，他的班组先后高质量完成制作安装喷涂上、下料装置及物流线近六十米，完美改造倒灰装置（从低压气体到高压气体，从手动实现自动），实现喷涂线钢瓶磕碰改善，补全喷涂吊具，科学安装、制作高压气体管道及控制柜，合理安装气密水槽及高压气体充装汇流排，精密安装、改造机加上线瓶底打磨机、物流线，精心制作安装喷涂线下线冷却喷淋装置以及成功安装成品装卸阀机等一系列任务。

安装工艺要求严格，标准较高，需要不断对影响产品质量的地方进行改善，如针对温度过高引起瓶身刮伤严重的问题，2022 年 4 月 8 日下午例会，领导要求第二天必须完成喷淋水箱制作，对钢瓶进行

⊙ 徐勋乔在车间

水冷测试。会后，设备组立即组织人员制作水箱，组织维修组中晚班人员同时（轮班）上阵，经十二小时持续电焊，确保第二天一早把水箱制作完成并运到喷涂现场安装，接着晚上加班安装自动喷淋装置，测试效果达到了预期，外观磕碰现象得到明显改善。经过精心部署及各部门的通力协助，在制造部条件保障车间员工的共同努力下，提前四天完成喷涂后设备（成品下线）安装、调试等工作，成功交付生产。

工作不分分内分外，也是徐勋乔带领的班组的一贯作风。有一次产品气密任务抢完后，看到满地都是临时充、排气电磁阀接头线路，徐勋乔觉得这样不行，需要进一步改造。为了减轻员工劳动强度，提高生产效率，维修团队自发对充、排气电磁阀的线路及电源控制箱进行整改，

把充电接头固定在物流线支架上，并安装充、排气接头电压表（12V 和 24V），使操作更加方便快捷，避免充装线被扯坏和充错电压导致排气不干净等现象发生。针对钢瓶带压的安全风险问题，徐勋乔马上带领团队对高压气体吹灰进行了自动控制改造，完美解决了这一安全隐患。

正是由于徐勋乔同志对工作尽职尽责的态度，对设备安全、隐患排查治理等工作秉持精益求精的态度，同时注重安全环保、节能减排，大大降低了中材科技（九江）公司的设备故障率，加之他们不断对设备进行升级改造，使大瓶月产量从两万只左右提高到两万八千只，创下单月产值超三千万元的好成绩，为公司年度生产任务的顺利完成，设备安全稳定运行奠定了坚实基础，赢得了大家的尊重与赞扬。难怪有人说，公司有了"乔大拿"他们，能让每一座机组、每一个零件都闪闪发光！

第三章 一门心思为国种好粮
——记 2011 年全国种粮大户范长青

瑞昌市碧野农机专业合作社的马路对面，一眼望不到边的稻田里，绿油油的秧苗正在肆意拔节生长。范长青站在窗口向外眺望，看着田里的作物经历四季变化，由青绿到泛黄，成为他多年来的习惯。屋后的合作社内，稻谷经由机器加工，变成一颗颗颗粒饱满的谷粒装袋置于仓库内。秋去春来，四季轮回，范长青忙忙碌碌，似乎从未有空闲的时候。身后那些放置着"全国种粮生产大户""江西省农业机械化先进个人""江西省粮食生产先进个人"的荣誉牌，同他一起见证着那些执着又热血的种粮生涯。

种庄稼的"门外汉"

范长青，男，1962 年出生，瑞昌市横港镇繁荣村人。2007 年之前，范长青种过地，跑过运输，开过粮食加工厂，努力摆脱农民的影子，希望靠自己的努力发家致富。但事与愿违，他的事业一直起色不大。长此以往也不是个办法，得为长远做打算。那些年，村里青壮劳动力纷纷外出打工，横港镇也未能幸免，当地大批土地抛荒，无人耕种。范长青从中觅得商机，和家中几个兄弟商量，于 2007 年 3 月与村里签订了三百亩土地的承包合同，正式开启自己的农民生涯。

种地看似简单，但在当时还是个面朝黄土背朝天的状态，何况是一次性种植如此大面积的农田。和范长青一起奋斗的，就只有几个手足兄弟，等待他们去开垦的，是一大片烂泥塘和荒草地，以及一眼望不到头的齐腰深的蒿草。范长青毫无经验，只有一股子农民的倔劲。他做的第一件事，便是从银行贷款二十万元，采购了一台手扶拖拉机，早早断了自己的后路。他和兄弟几个轮流开着拖拉机在田间地头穿梭。头半年，为了这个看起来毫无胜算的投资，也为了让跟着参与进来的兄弟宽心，范长青几乎把自己泡在泥田里，巴不得稻子栽下去就能有收成。他的双腿因此溃烂，掌心里全是水泡。夏日漫漫长夜，范长青便扛着锄头走在田间地头，随时掘开田埂给稻田放水。最初两年，范长青驾驶着手扶拖拉机在田里每天工作十个小时以上，早稻、中稻、晚稻，抓紧农时抢种抢收，小麦、油菜因精耕细作，长势喜人。一有空，范长青便往返于自己的"一亩三分地"，浇水、除草、杀虫，像照顾自己孩子一般呵护着作物生长。稻谷收割后，又忙着寻找商家。农作物种植在当时是个"看天吃饭"的营生，遇上当季风调雨顺，那便是个大丰收；但要遇上干旱少雨，那就只能听天由命。在种植稻谷的前两年，范长青没少观天象、听预报，这可是关乎三百亩稻田丰收与否的关键。

好在一切顺风顺水。三年时间，范长青的三百亩稻田从无到有，稻田里稻谷开始肆意生长，种粮工作开始有了起色，他也从"门外汉"正式成为一个地地道道的"农民"。赚取第一桶金后，范长青来到自己辛勤耕作的地头，蹲在田边一言不发，一根接一根抽着烟，许久没有动一下身子。那时，一个更疯狂的想法在他脑子里迅速发酵：他要把稻谷生长的命脉牢牢抓在自己手中。

2009 年 4 月，在范长青的倡导下，兄弟几人成立了"瑞昌市碧野农机专业合作社"，注册资金八十万元，弟弟范小敏担任理事长。合作社成立后，在各级政府和农业部门的大力支持下，在"入社自愿、退社自由、利益共享、风险共担"的经营理念下，合作社得到快速发展。"种田再也不像原来了，也需要科学化、规模化、机械化。"这是范长青接触农作物几年中收获最多的感想。传统的种田模式早已被打破，他下决心不断增加投入。接下来的几年，只要有剩余资金他就用于购买农业机械用具，并不断学习新型农业技术，扩大生产，提升质量。农机、手扶拖拉机、水稻插秧机、水稻联合收割机、粮食烘干机等"铁疙瘩"开始陆续到合作社"服役"，农机总资产已经达到一百余万元，其中，仅一台进口的联合收割机就花了近十五万元。凭着农村人勤劳苦干的韧劲和踏实好学精神，范长青承包的土地面积越来越大，农机越买越多，农产品产量和质量越来越高。

科学育粮的转型之路

粮食销路好不好，全靠质量来"掌舵"。开过粮食加工厂的范长青深知粮食质量是打开销路的最好保障，传统水育秧法、塑料软盘育秧法等费时费力，无法保障秧苗快速生长，已无法跟上时代的步伐。合作社成立后，他立即开始自己的种植之路，从选种到育苗、种植，每一项工作都花了大把心思，以求提高粮食质量。

2010 年，在市农机局技术人员的指导下，范长青首次购买了水稻机械化育插秧一体化设备，开展机械育秧、插秧作业。这个新到手的"铁疙瘩"，对于只读过几年书的范长青来讲无异于"天书"。但面对亟待提高的粮食质量，范长青只有硬着头皮上。那些日子，他晚上蹲在厂里对着说明书研究，白天就骑着"铁疙瘩"到田间进行实操。对于更新的装备，和田地打了大半辈子交道的村民都好奇地围了上去，"会操作吗？""得费不少油吧？""不知道有没有我们手动插秧快"……大家轻松地开着玩笑，范长青不以为意，在新开垦的田地里有模有样地驾驶

⊙ 合作社成员在育苗大棚内劳作

起来。

科学种粮的路上并非一帆风顺。当年3月，因为操作不当，一千八百斤优质种子全部培育失败，范长青只好重新购进种子二次培育，损失十多万元。痛定思痛，范长青及时从挫败中走出来，一边反思着失败产生的源头，一边外出学习育秧技术。当年8月，第一批秧苗终于培育成功，范长青紧锁的眉头才难得舒展开来。用十几万元换来的教训在范长青看来非常值得，机械化操作使得育秧、播种非常统一、均匀，在减少人工成本的同时，亩产达到六百公斤，增产百分之二十，收效明显。

为了打造更好的育秧环境，范长青想到了"绿色种植"。他先后投资二十余万元购买了三百多盏杀虫灯，在稻田里每隔十亩放上一盏杀虫灯，大大减少了打农药的次数，做到粮食无公害种植。"科学"让范长青的种粮之路越走越宽，耕地面积逐年增加，亩产不断提高，每季收

割的粮食颗颗饱满、粒粒均匀，纯绿色、无污染，粮食产销两旺，2011
年纯收入三十余万元。

发展的脚步远不止于此。以往，每到稻谷收割时节，如果遇上雨水
天气，收下的稻谷不能及时晒干，就会发芽、霉变，给农户造成损失。
对种粮大户来说，遇到这种状况，损失则更为严重。为解决稻谷烘干问
题，2011年初，范长青将横港镇的碧野协作社连同华宝裕农协作社、
辉祥协作社等九家协作社组织起来，建立横港镇粮油栽培协作联社，协
作联社再出资两百万元，于7月中旬建成横港镇粮油烘储中心。建成后
的粮油烘储中心一投入使用便忙碌起来，在运营上实施一致烘干、一致
贮藏、一致出售、一致核算，一起赢利分红。烘储中心除了承担粮油的
烘干、贮藏功能外，还代为收购粮油，实施一致出售，为广大农户节省
了来回运输的费用，很受农户欢迎。

走进横港镇粮油烘储中心，远远就能听见机器工作的轰隆声，每过
几分钟就有车辆满载刚收割的稻谷运进厂房。从湿谷进仓，到进入烘干
车间烘干，然后进入干谷库房，再到打包外运，整条生产线效率很高。
烘储中心不仅能够烘干稻谷，还能够烘干油菜籽、小麦、玉米等，不
只为九家协作社效劳，并且还向社会开放。自2011年7月下旬开机至
2011年9月底，烘储中心已累计烘干一千五百吨早稻、六百吨油菜籽，
为横港、范镇、南义、桂林、高丰等周边城镇的八百多户农人的稻谷和
油菜收储带来了实实在在的便利。

范长青算了一笔账，以往一个工人一天只能晒稻谷两吨左右，有了
烘干设备后，机器满负荷工作一天就能够烘干稻谷一百二十吨，每百斤
稻谷烘干成本只需三元，并且烘干质量稳定。他当年种植的八百余亩早
稻，收获的三百六十余吨稻谷不到一个星期就悉数烘干，为他进行晚稻
栽插腾出了时间和人力。

"有了这个粮油烘储中心，就不必忧虑稻谷堆在那里发芽了。稻谷
成熟后，下雨天都能照旧收割，既不会丢失，又保证不误农时，并且成

本很低。"范长青欣喜地说。

村民的共同致富梦

种田致富，靠的不只是科技种田，更离不开土地流转的高效益。2006 年，范长青在横港镇承包三百亩流转土地时，零星的田地致使他无法实现全程机械化，耕作难度大，效益也不高。经过连续几年不断摸索和扩大种植规模，他购买的机械设备派上了用场，实现了机械化耕作和科学化管理，生产效益大幅度提高，仅 2009 年粮食种植和农机服务的纯利润便超过百万元。

"一人富了不算富，大家富了才是富"。随着技术日臻成熟，合作社不断壮大，钱袋子鼓起来的范长青始终不忘初心，把为群众和社会做力所能及的事当成自己应尽的义务。合作社成立至今，在机械购置、育秧基地建设、土地流转等方面投入资金一百八十余万元，具备了较强的农机技术服务功能。在此基础上，合作社推行"全程化服务"和"单程式服务"两种服务模式，社员、农户可根据各自农业生产实际需要选择服务类型。同时，合作社承担了瑞昌市水稻高产全乡推进行动、水稻机械化育插秧技术示范推广、油菜免耕机直播等项目的运作。合作社良好的规模化服务作业吸引着周边广大农民纷纷向合作社靠拢，现在，合作社服务范围已辐射周边两个镇七个村，服务农户四百多人。

短短几年时间，范长青创建的碧野农机专业合作社规模不断壮大，他带领当地村民过上了好日子，他本人也获得了大家的信任，并于2016 年当选为九江市人大代表。范长青深知自己是群众选出来的，不能辜负群众的信任，要履行好职责，为大家办点实事。当选代表以来，他不断加强学习，强化法律意识和法治思维，积极参与视察、调研活动，依法履行监督职责。为了了解选民最真实的想法，他进村入户与选民促膝长谈，倾听意见，提交"接地气"、有针对性的建议，尤其是在"三农"问题和产业扶贫方面，更是结合实际，提出了许多有价值的建议。作为致富模范带头人，他不断学习农业知识，引进新型先进生产技术，提升种植水平，并热心帮助身边农民，毫无保留地传授种粮技术，帮助大家实现增产增收，不断引进新型先进生产技术，提升种植水平。除了毫无保留传授种粮技术帮助附近村民农户增产增收外，他还带领大家建成瑞昌市首个水稻全程机械化生产示范区，辐射周边多个乡镇及邻县，受益农户四千多户。

合作社机械服务小组年可服务面积五千多亩，病虫专业化防治小组可服务面积一万多亩，可一次性提供机器插秧约七百亩，全年提供机器插育秧面积约三千亩。同时，他创办的碧野农机专业合作社在产业扶贫方面下足功夫，2015年以来，碧野农机合作社主动吸纳附近繁荣村和远景村等六个行政村三十户建档立卡贫困户加入，不但免费提供秧苗和技术指导，还签订了保底收购农产品合同，为贫困户消除了顾虑。同时，合作社还以入股分红的形式帮扶十九户贫困户脱贫，并优先安排有劳动

⊙ 工作人员驾驶农机喷洒农药

能力的六名贫困户在合作社务工，月收入两千元以上。当年，碧野农机专业合作社固定社员一百五十人，每人年收入在三四万元。合作社还以小额信贷分红的形式帮扶一百一十七户贫困户脱贫，农忙时节还招收大量贫困户做零工。

目前，合作社承担了全市水稻高产全乡推进行动、水稻机械化育插秧技术示范推广、油菜免耕机直播等项目。范长青又将目光瞄向农机手的安全和业务培训，农机信息化平台建设等方面，以壮大合作社组织，发展新成员，服务好"三农"工作。

一分耕耘一分收获。这么多年来，范长青已建成瑞昌市首个水稻全程机械化生产示范区，实现水稻全程机械化生产，自建粮食加工厂一座，实现粮食生产一条龙服务，年加工油菜籽两百吨，加工稻谷一千八百吨，辐射南义、范镇、横港三个乡镇，受益农户两千多户。范长青在土地上根植的"绿色"梦想，也由三百亩、六百亩、一千二百亩再到如今的一千六百亩，他承包的耕地每年成倍数增长，覆盖四个行政村、四十八个村民小组，他心中的致富梦想也一步步在实现。

如今，站在一千六百亩一望无垠的良田上，范长青觉得非常自豪。农民出身、农田创业、农村致富，从传统的农民之家走出来的范长青绝对没有想到原来仅够维持一家温饱的土地，也能让他和他的兄弟们走上富裕之路。

范长青说，现在觉得当农民很有奔头。

对于未来，范长青信心十足。他计划继续扩大种植面积，利用购置的大棚种植反季节绿色蔬菜、山药等多种经济作物，其中山药种植面积就计划一百亩。良田沃土上，范长青正一步一个脚印实现着自己的绿色致富梦想。

第四章　一枚鸭蛋香遍全国
——记2010年江西省劳动模范何雪平

溢香农产品有限公司创始人何雪平，女，1969年1月出生，瑞昌市码头镇赤庄村人。

她由一名普通的农村妇女，用近三十年的坚持，华丽转身为国家级农民企业家。在十多年时间里，她把一个只有十几个员工，几十万元固定资产，年产值百余万元的小作坊，发展成为年销售收入近两亿元的国家农业产业化重点龙头企业、全国绿色食品示范企业、国家高新技术企业，个人和公司斩获荣誉百项之多，在瑞昌市街头巷尾传为美谈。

贩蛋姑娘的华丽转身

滚滚东去的长江水，在瑞昌市码头镇流入江西地段。长江，见证了小镇的沧桑，催生了小镇的巨变。

何雪平出生在码头镇一个贫苦农民家庭。家里兄弟姐妹多，读完小学二年级的她就跟随父母干农活，放牛、打鱼、上山采药……什么农活都干过，什么苦头都吃过。正值上学年龄的她，多么羡慕同村的小伙伴能背起书包上学去。而她只能在家放牛，打猪草，跟随在父母的后头，用柔弱的肩膀扛起生活的重担。

生活的磨难不仅没有压垮她，反而在她幼小的心灵深处激起她要通过努力改变命运、走出土地的强烈念头。"十做九不输"，父亲的这句朴素话语，在何雪平心头深深扎下了根，她认定了用勤劳的双手改变命运的人生信条，持之以恒地奔跑在追梦路上。

"自己读书少，不敢跟大家一起去外面打工，只好在家里做点合适的事。"何雪平如是说。

1994年，二十五岁的何雪平关掉了经营中的裁缝店，用从亲友处借来的两百元钱，改行做起禽蛋购销生意。她骑着破旧自行车，走村串户收购禽蛋。"放着日晒不着、雨淋不到的裁缝不做，却干起了如此吃苦的事。"街坊邻居大都不解。头一天收来的蛋，要在第二天赶早去农贸市场叫卖。一天下来，人非常疲累，有时累得脚都挪不动，但她还是咬牙坚持了下来。

为了收购禽蛋，何雪平的足迹遍布了瑞昌及邻县的每一个村庄，风里来，雨里去，斗严寒，抗酷暑，吃尽了千般苦。有一回，何雪平赶早骑车出门收蛋，一直忙到傍晚，准备收工回家。晴好的天气突变，下起了大雨。乡间的土路在雨水的浸泡下变得泥泞不堪，自行车根本无法骑行，她只好推着车，深一脚浅一脚地走在泥水中。好不容易挨到家，已是半夜。架好车，借着灯光，她把蛋一个个清点，发现没有破损，疲惫不堪的脸上露出一丝欣慰的笑容。自行车速度慢，影响禽蛋购销效率。手头有了些积蓄后，何雪平和丈夫一合计，买了一辆摩托车。因丈夫白天要上班，夫妻俩就利用晚上送蛋到九江市和长江对岸的湖北武穴市场。日复一日做了七年蛋品生意，累积的客户越来越多，手里积压的蛋也越来越多。

每年端午节过后，市场上鲜蛋的销量明显减少，积压在手里的蛋因高温难以保存，看着一批批蛋坏掉，何雪平心急如焚，束手无策的她，有时急得整夜睡不着觉，头发也大把大把地掉。她被逼走上将生蛋加工成熟咸蛋的道路。刚进入这个产业，她惊奇地发现，整个瑞昌市及周边县区，都没有一家禽蛋加工厂。敏锐的商业嗅觉使她决定抓住这个机会放手一搏。经过初步测算，需要投资四十万元左右。尽管自己贩蛋几年，多少赚了些钱，但离这个数字还是相差太远。为了凑足这笔钱，她找遍了所有能找的亲戚朋友，一家家、一户户地上门借钱，将自己的想法和盘托出，甚至遭到不少质疑和白眼。

2005 年 3 月，乍暖还寒的早春，何雪平夫妇终于凑齐了五十万元创业资金，播种了春天的希望。没有厂房，他们就在武山租了间两百平方米的闲置房。何雪平和她苦口婆心邀集到的十几名农村妇女开始了创业之旅。没有技术，何雪平带着人外出拜师学艺，为了节省差旅费，她从来不舍得买卧铺票，宁愿走路也舍不得打的士。包里也常放着馒头和矿泉水。饿了，一口馒头一口矿泉水；累了，坐在座位上打个盹。拜师之路虽然历尽艰辛，但她一点也不觉得苦，因为创业必胜的信念在她心

⊙ 何雪平在生产车间检查蛋的品质

头燃起了希望之火。

学好技术回到厂里，何雪平和姐妹们没日没夜地试验。有时为了一个关键环节，反复试验了多回，经历过无数次失败。她忍受住自己寝难安、食不香的痛苦，打起精神为姐妹们鼓劲。何雪平永远不会忘记，试制无铅皮蛋初期，由于关键技术不过关。多次试制失败产生的废蛋堆积如山，白天怕遭人讥刺，不好意思处理，只能借着夜幕的遮掩，带着姐妹们流着泪处理废蛋。也正是凭着一股不服输的倔强，无铅皮蛋最终试制成功。客户试销后，市场反应相当好。江西省相关部门对皮蛋产品品质进行检验，认定无铅皮蛋为绿色食品，无铅皮蛋迎来了产销两旺的好势头。

功夫不负有心人，加工禽蛋的技术悉数被掌握，工厂终于正常运转。无数个夜晚，何雪平坐在加工厂的门前，看着姐妹们忙碌的身影，眺望满天的星光，心头漾起的创业自豪感驱除了满身的疲惫。她越来越坚信自己走上了一条光明大道。

2005年年底，当年投产的蛋品加工小作坊销售额就突破百万元，这极大地提振了姐妹们办好厂子的信心和决心，一年来的艰辛和劳苦换来的是丰收的喜悦。

企业家的行稳致远

地地道道的农民出身，让何雪平深知产品质量和生产规模与养殖业的发展水平密切相关。为扩大当地蛋鸭养殖规模，发展现代农业，何雪平在创办蛋品加工厂的同时，牵头组织当地四十五户养殖户成立了养殖专业合作社。公司以合作社为平台，引导农户进行规模化、标准化养殖，发展养殖大户，建立养殖基地。合作社成员的产品，严格按合同价收购。在市场行情好的时候，按市场价收购；在市场行情低迷时期，以每斤鲜蛋高于市场价一元的价格收购，保护了养殖户的利益，提高了养殖户的生产积极性。对资金有困难的养殖户，公司统一垫付资金，购进鸭苗、

⊙ 何雪平在蛋品展示厅

饲料，或由公司提供担保贷款，使企业和养殖户之间建立了互信、互助、互利的合作关系，保证了鲜蛋原料来源，为企业的正常生产经营和产品质量提供了保障，也为养殖户的收入提供了保障，实现了当初办厂提出的"做一流产品，创一流品牌，建一流企业"的奋斗目标，走上了"品牌立厂，绿色发展"的道路。

为了办好企业，何雪平把家都安在厂里，日夜和大家一起干。白天下车间，跑养殖基地；晚上梳理白天发现的问题，谋解决困难的良策。她始终坚持"优质、绿色、生态、安全"的理念，进行工艺技术研发和产品生产，并迎来丰厚的回报。2010年，两个产品首次获得国家绿色食品认证，到2018年又增加了一个。

从蛋鸭养殖源头，到每一种辅料的选择，从每一道生产技术工艺的确定，到每一个市场客户的推介，何雪平精心选择，亲自把关，确立了一整套流程，公司得到了健康快速的发展：2021年，公司加工鸭蛋七千多吨，加工咸蛋黄三千多万枚，加工板鸭二十万只，实现销售收入一亿八千二百七十八万元，同比增长百分之二十一点三四，实现利润一千一百四十八万元，同比增长百分之二十点五九，实现税收一百四十万元，同比增长百分之二十六点九六。产品销往全国三十个省区市，带动种养农户三千多户，蛋鸭养殖户年均收入十万元以上，带动产品经销、物流、原材料及设备生产供应等从业人员一千二百多名，为发展农村经济，增加就业，助力乡村振兴做出了积极贡献。

何雪平虽然成了闻名遐迩的"农民企业家"，但由于从小受良好家风的熏陶，她身价高了，身段却低了，始终保持着艰苦朴素、勤劳诚实的本色，完美践行着一个企业家的社会责任感。

"溢流香"蛋制品加工属于传统劳动密集型产业，生产特点决定了大量的资金会积压在半成品及经销商那里，公司会不时出现资金紧缺的情况，但何雪平本着"诚实守信"的经营理念和做人信条，始终做到"五不"：不欠员工工资，不欠税收，不欠养殖户蛋款，不欠上游供应商货款，不合格产品不出库。公司赢得了养殖户、客户、市场和员工的高度信赖，美誉度不断攀升。公司近三百名员工中，百分之八十都是本地农村妇女或下岗女职工，先后有十多名精准扶贫户和低保人员在公司就业并脱贫，公司主动帮扶特困人员五人，2021年与当地四个行政村签订红薯收购三十多万斤合同，每年端午节都免费给全市所有敬老院的孤寡老人赠送蛋品，同时积极参加扶贫助困活动，捐款捐物折合人民币近百万元。

今天的瑞昌市溢香农产品有限公司设备齐全，工艺先进，技术力量雄厚。建设有五个标准生产车间，一栋物流仓储，一栋综合办公大楼，还有产品实验室，技术研发室，总建筑面积三万六千平方米，总投资一亿二千七百三十九万元，主导产品为熟咸鸭蛋、松花皮蛋及馅料烘焙等三大系列一百多种规格。

走进瑞昌市溢香农产品有限公司的展厅，公司研发的各种产品琳琅满目，何雪平介绍它们就像在介绍自己的孩子，满脸都是自豪。更为吸引眼球的是一块块奖牌，一张张证书：全国绿色食品示范企业、高新技术企业、农业产业化国家重点龙头企业、江西省农业产业化经营优秀龙头企业、江西省科技型中小微企业、江西省专精特新中小企业、江西省知识产权优势企业、江西省农村妇女岗位建功先进集体、江西省扶贫龙头企业、江西省重合同守信用公示单位、江西省 2021 年节水型企业、江西省品牌建设先进企业、农业产业化省级示范联合体。到目前为止，公司已经获得两个省级重点新产品、三个省级名牌产品，四个发明专利，有四十九个实用新型专利，六十一个外观设计专利，专利总数达到一百一十四个，成为"专利过百企业"。

2010 年，何雪平获得"江西省劳动模范"光荣称号，并当选为瑞昌市第六届人大代表，瑞昌市第七届人大常委会委员。2012 年，九江市妇联、九江市女企业家协会授予她"优秀创业女性"光荣称号；2015 年，中共江西省委、江西省人民政府授予她"优秀创业者"称号；2016 年，江西省女企业家协会授予她"杰出创业女性"称号；2017 年，中华全国妇女联合会授予她"全国巾帼建功标兵"称号，农业农村部推介她为第二批农村创业创新优秀带头人；2021 年被授予"九江市道德模范"称号。

当前，何雪平身兼数职：九江市农业龙头企业协会副会长，九江市食品协会法人代表、副会长，江西省蛋品产业协会副会长。诸多荣誉加身的何雪平，每日照常忙碌着，经年的操劳，在她脸上留下创业艰辛的印痕，但始终未磨灭她的平和淳朴。"我母亲出身农村，因家庭贫穷，只读过两年书，但却时刻教导我们要与邻为友，待人以宽；要诚实做人，踏实做事；要心存善念，学会感恩。"何雪平的女儿对母亲深情赞颂的这段话，恰如其分地诠释了一名优秀企业家的成长之根，进步之源。

2022 年 9 月 22 日上午，江西省第十六届运动会火炬传递仪式在瑞昌市举行，何雪平是三十名火炬传递手之一，她右手高擎火炬，目光坚毅地望着前方，步子跑得坚实又从容。

第五章 剪出太阳，剪出月亮，剪出好时光

——记江西省首届民间文化艺术家朱朴光

朱朴光，男，1956年11月出生，瑞昌市夏畈镇人，中共党员。2007年，被评为江西省首届民间文化艺术家。2008年11月被评为省级非物质文化遗产瑞昌剪纸传承人，同时被九江学院聘为客座教授。2022年4月申报国家级非物质文化遗产瑞昌剪纸传承人。

瑞昌是剪纸之乡，瑞昌剪纸蜚声中外。朱朴光老师从事剪纸四十多年，专心致志，创作出大量精品剪纸：一类是根据文学名著创作的《水浒一百零八将》《金陵十二钗》等；一类是根据农村生活感受创作的《好日子》《五谷丰登》《农家乐》《送瘟神》等。这些作品先后在全国剪纸比赛中获得大奖，在相关展览会展出，并经报刊报道，获得了广大群众的好评，得到了上级部门的认可。

从小就与剪纸结下了不解之缘

朱朴光老师童年的记忆常常是母亲在雨天邀来二婶、堂姐等在堂屋剪鞋样，绣鞋垫，绣围兜。母亲算得上村庄上一个绣花师傅，总是教大家如何描图、如何修样、如何搭配花色……小时候的他在母亲身边蹦来

蹦去，觉得剪纸很好玩，就捡起纸片，拿起剪刀，咔嚓咔嚓学着剪。母亲又想笑又生气地说："你又不是女孩子，剪什么花，剪什么朵呀。"

他的父亲是一个远近闻名的砖匠师傅，不期望儿子读书有出息，只想儿子跟他学做砖匠。

朱朴光却坚决要读书，因为通过读书，他可以学习绘画，学习剪纸。

他还记得一次跑到村头的砖瓦窑，弄一盆泥巴回家做小泥人玩，不小心摔了一跤，弄得满脸是泥，自己都变成了泥人。

二十世纪六十年代，朱朴光读小学，只要是美术课，他就特别开心。三年级时，一次老师在黑板上画了一个图案：红了一半的太阳下，一只公鸡站在一块岩石上，仰着脖子啼叫。老师要求学生照着画。小朱朴光一会儿就画好了，线条准确，涂色均匀，结构合理，公鸡神态活灵活现，

⊙ 朱朴光老师在创作

令老师赞叹不已。当天晚上,小朴光躲着母亲,偷出红纸片和剪刀,躲着母亲忙活起来。第二天,他拿着用红纸片剪好的公鸡给美术老师看,老师一个劲地夸他,还要求他以后帮忙出学校的黑板报。

1970年,朱朴光初中毕业,一次在黑板报上画了一幅粉笔画《猪多、肥多,肥多、粮多》。教学生美术的戴志辉老师看到后,把他叫到办公室表扬了一番,然后用工整的字体写了一封信,让他暑假拿着信去找瑞昌县文艺工作站的冯隆梅老师。

一放暑假,朱朴光就急匆匆去了县城,那时交通不便,镇上只有一趟通往县城的班车,车票两角钱,他没有这两角钱,就算有也舍不得。他便走路去了县城,步行四十多里,终于找到瑞昌县文艺工作站,上楼梯时,迎面遇上一个下楼梯的瘦高个子,他问道:"你知道冯隆梅老师吗?"

瘦高个子问:"你找他有什么事?"

"是戴志辉老师让我来找他的。"他拿出了那封信。

瘦高个子说:"我就是冯隆梅,跟我来吧。"

冯老师把朱朴光带到办公室,看了信,高兴地说:"我答应收下你这个学生。"朱朴光高兴得说不出话来,当天下午又步行回家,整理行李,第二天由父亲带着坐车来到文艺工作站,从此跟着冯老师学习绘画。

没过多久,文艺站专业剪纸的吴志纯老师找朱朴光帮忙,请他给国庆节做花篮装饰。吴老师看到朱朴光使用剪刀做花带很熟练,很准确,感到吃惊,就问他以前的美术学习情况,并建议他专心学习剪纸。

朱朴光想了好几天,还是决定跟冯老师学习绘画,因为这是基础,没有基础,剪纸水平就难上新台阶。同时,他也跟着吴老师学习剪纸。因为两者他都备感兴趣。

就这样,绘画、剪纸走进了朱朴光的生活。从1969年到1971年,朱朴光跟两位老师学习了三年。因受当时社会环境影响,两位老师的工作单位也常变动,因此学习越来越力不从心。朱朴光作为知青回家参加生产劳动，有时候被大队或公社请去写标语，画毛主席像。传统剪纸的内容涉及花鸟虫鱼、神话传说和戏剧人物，被当作"四旧"，没人敢碰。那段时间朱朴光非常苦恼，深知自己所学的本领只能算是半拉子，一点皮毛而已，离自己想当画家、当艺术家的距离还很远。

当上夏畈乡文化站站长

二十世纪八十年代初期，改革开放的春风吹遍了神州大地，吹遍了各行各业，也吹醒了群众的文化活动。1984年，夏畈乡成立了文化站，瑞昌县文化局统一组织考试，招聘文化干部，临时聘用。朱朴光欣喜地报了名，考试成绩遥遥领先，被选派到夏畈乡文化站做站长，结合当地特色开展群众文化活动。当时文化站的办公条件很差，就是一进两间的大平房，很破旧，"天晴亮眼多，雨天水沟多"。他便自己动手，足足花了三天时间，把屋顶的瓦翻盖了一遍，又将屋内的泥墙用石灰水刷了个新，对房子周边的水沟进行清理，然后就一心一意履行他的文化站站长职责。

工作的第一件事，朱朴光亲自上门拜访本村七十多岁剪纸老艺人柯雪英，他依照拜师礼进行行礼，做了老人家的弟子，学习剪纸手艺。还请求老人出面组织开办"夏畈剪纸学习班"，全乡先后有五百多人报名参加了培训班，大多数家庭妇女在这里学会了实用的剪纸技术，比如剪鞋样，剪围兜，剪"囍"字，剪"福"字，剪贴画等，她们欢声笑语的学习氛围，令前来视察的县里文化部门的领导惊叹不已，很快被当地的报纸报道出去。

从1983年到1989年，夏畈乡文化站连续七年被瑞昌县文化局评为先进文化站，朱朴光老师也多次被评为瑞昌县（市）文化先进工作者。

时代在发展，市场经济空前活跃，传统手工艺市场日渐萎缩。二十世纪九十年代初，内地经济相对落后，用来扶持文化站的资金短缺，瑞昌县不少乡镇文化站开展文化活动难以为继,夏畈乡文化站同样遇到困境。

1993年中秋节前,朱朴光组织了一次"夏畈乡庆中秋剪纸大比赛"活动,要求现场创作,现场评奖,需要购置一些工具,如剪刀、美术纸、贴板、糨糊等,还要准备一些奖品,经费八十元。但就是这么一笔小钱,夏畈乡文化站也没有,想向乡里求援,但是乡政府已有好几个月发不出工资。怎么办?

朱朴光瞒着妻子,拿出自己新婚时买的"庐山牌"手表放在商店做抵押,采购了比赛需要的用品,顺利开展了这次剪纸比赛。后来,他用妻子做裁缝的积蓄买了一台"珠江牌"照相机,业余时间到学校,到村庄给人照相,攒了点钱,才悄悄把手表赎回。

之后,他又利用业余时间给人照相赚来的钱,购买了大量剪纸书,刻苦钻研,每年碰到师傅生日,他还给老人在文化站过生日。

当时,全瑞昌市只有几个中心文化站能正常开展"节日"文化活动。夏畈乡文化站虽不属于中心文化站,但是因朱朴光的执着坚持,夏畈乡文化站一直正常开展群众文化活动,特别是为打造"剪纸之乡"的品牌,十几年来一直坚持开办免费"夏畈乡剪纸培训班",得到了社会的广泛好评。

艰难的选择——婉拒高薪邀请

时间到了1994年,现实的经济问题摆在朱朴光面前:文化站的工作越来越举步维艰。他经常深夜起来,看着自己的剪纸作品《百福图》《双龙送福》《五谷丰登》等发呆。家里三个小孩的生活、教育开支,父母高龄,经常生病需要治疗,妻子的传统裁缝手艺也越来越不被需要,一家人的生活主要来源就靠着朱朴光一个人每月一百元左右微薄的临时人员工资,难以为继。因为乡村大量人员外出打工,业余照相生意也一落千丈，每年到当地中小学给学生拍毕业照，只能赚个七百元左右。夏畈乡中学校长曾在1987年请他兼职学校美术老师，但工资只有二十元。剪纸在市场上摆着，看的人买的人基本为零，没有一点收益，费用开销还额外增加了。

妻子常常埋怨说："你也到上级问个底，到底有没有办法转正，没办法就赶紧到大地方去赚钱。"

但是，朱朴光老师一走进文化站，拿起那已磨出包浆的毛笔（南昌市进贤县的一个画友赠送的），提起发亮的刻刀（他自己用钢锯条打磨的），就沉浸在剪纸世界里了，威武的门神、飘然的神女、山川树木、花鸟虫鱼，顿时在他的薄薄的剪纸里活了起来。他一下子忘记了生活中的窘境，桌子上那几封聘请信件都置之不理。其中一封是他的一个学生写来的，学生在深圳开了一家工艺美术公司，请老师去帮助经营，基本工资六百元，还有年终奖金。另两封，一封是福建漳州宗教事务局寄来的，邀请他去给妈祖庙做艺术顾问；一封是泉州剪纸协会寄来的，请他去当剪纸老师。三份工作给出的待遇都比目前待在家里强好几倍。

那阵子，妻子没有好脾气了，总是问：去乡里问了吗？去文化局问了吗？外面邀请的事怎么不回信？

也许是艺术人的单纯清高，也许是艺术人的执着倔强，朱朴光一直拖了三个多月，才硬着头皮走到乡党委书记办公室，说起文化站工作困难，生计艰难，申请辞职。这简单明了的话题，却足足说了一个多小时。书记苦口婆心挽留，大意是，你朱朴光老师走了，夏畈乡"剪纸之乡"的品牌谁来保护传承？你是多年的优秀党员，应该明白利害关系。关于经济问题，困难是短暂的，乡里一定向上级争取文化经费。你的编制问题，你自己要把握政策及时争取。就像坐火车，你要按时间去坐车，绝对不可能来一列火车等你。你已经在文化站工作了十多年，你一走，这些年的努力就前功尽弃，后悔就来不及了……

书记的话有些大道理，那和善的语气、诚恳的态度让朱朴光非常感动。回去把这番话跟妻子复述一遍，妻子听后沉默了一阵子，叹了一口气，说了一句："你就是搞剪纸的命。"

就这样，在夏畈乡文化站（1994年8月改名夏畈镇文化站）里，每天依然能看见朱朴光老师忙碌的身影，剪纸事业也在朱老师心里扎下了深深的根。

他让瑞昌剪纸走出江西，走向全国

"宝剑锋从磨砺出，梅花香自苦寒来"。数十年如一日的钻研磨炼，让朱朴光的剪纸造诣越来越高。除了以模仿为主的传统剪法，他还要创新，要把生活中的感受融入剪纸艺术，把越来越好的人民生活中的欢声笑语、喜闻乐见融入剪纸作品。

1998年，电视剧《水浒传》热播，街头巷尾到处是看水浒，谈水浒的群众。文化局一位领导找到朱朴光，问他能否创作出一幅描绘一百零八将的剪纸。他当场回答：没问题，我很喜欢《水浒传》中那些英雄人物，很像我们乡下的农民朋友。

承诺轻松，他却整整花了两年时间才成功剪好《水浒一百零八将》。从收集"月兔烟"里的一百零八将小卡片素材开始，到绘画人物，到定稿再到镂空雕刻，其间耗费了大量精力。他差不多觉得自己都是水浒里的人物了，开玩笑说："我朱朴光是第一百零九将。"

功夫不负有心人，他创作的这一套《水浒一百零八将》剪纸在2000年文化部组织的全国剪纸大赛中荣获铜奖。

之后不久，他的剪纸作品《五谷丰登》荣获当年农业部举办的创意精品剪纸大赛银奖。

2008年，因为业绩斐然，朱朴光被九江学院聘为客座美术教授。

因为朱朴光的努力，加上他带动瑞昌剪纸不断取得了骄人的成绩，瑞昌剪纸得到了国家层面的重视，2008年，瑞昌剪纸被列入国家级非

⊙ 朱朴光创作的喜迎党的二十大剪纸作品

物质文化遗产目录。

2013 年 8 月 16 日，上海东方卫视播出了《在刃尖上独舞》节目，专题播放了朱朴光的剪纸人生传奇。

2015 年，夏畈镇文化站因为剪纸方面的突出成绩被文化部授予"全国优秀文化站"荣誉称号并获得专项扶持资金。

2021 年 10 月，朱朴光受九江市文化局邀请参加援疆非物质文化遗产展交流活动。

上级政府帮他解决了社保工资等问题，当地政府返聘他，请他继续开展文化站工作，给予一定待遇，加上每年作品获奖的奖励，以及剪纸所得收入，晚年的朱朴光的经济条件得到了较大的改善。

剪纸进校园，义务给孩子上课

只有很好传承，才能很好保护。作为瑞昌剪纸传承人的朱朴光并不满足于个人的成绩和荣誉，他深知在市场经济的主导下，发动青壮年学习剪纸很不现实，只有从娃娃抓起，才有希望，才会发现剪纸人才从而把这项技艺永久传承下去。

2014 年 2 月，朱朴光找到夏畈中心小学的胡校长，商量如何利用学生课余时间开展"剪纸兴趣班"，并表示愿意无偿授课。胡校长高兴地答应了。

最开始，兴趣班学生只有十多个人，绝大多数家长认为剪纸是偏门，会影响孩子学习，不愿意让孩子参加。没有想到，一个学期以后，剪纸班的同学文化成绩都比较优秀。原来，剪纸艺术是一门静心的学问，孩子们在学习剪纸的同时，也培养了专注力，提高了理解能力，潜移默化中提高了学习成绩。更加具有说服力的是，朱朴光有三个孩子，小时候都跟着他画画、剪纸，每个孩子长大后都考上了好大学。

第二个学期，"剪纸兴趣班"一下子达到了一百多人，其中还有十多个学生家长，因为家长们已经意识到了，让孩子学习剪纸不但不影响文化课成绩，反而对学习还有很大帮助。

就这样，"剪纸进校园"活动得到了群众的认可。朱朴光先后在瑞昌第二小学、瑞昌市委党校和九江学院开办了剪纸传习基地。2020 年，江西省教育厅授予夏畈中心小学"中华优秀传统文化艺术传承学校"荣誉称号。

九年来，朱朴光更加热心做一个优秀的剪纸传承人，自编了乡土教材《怎样学剪纸》，分发给广大剪纸爱好者。

如今，朱朴光经常在自家老屋、文化站、夏畈小学三点一线间穿梭，那些老屋的式样、街道、操场的国旗、天上的太阳、晚上的月亮，都在他的剪纸作品中熠熠生辉。最近他着手创作一幅《青铜之源》，取材于夏畈乡的铜岭遗址，这个遗址是全国重点文物保护单位，将这个遗址剪入自己的作品，是他铭记家乡历史，热爱家乡土地，传承家乡文化的综合体现。

第六章 药箱担重任，杏林铸医魂
——记全国优秀乡村医生肖敦木

他受邀进京，代表全国九十万村医向温总理建言；他坚持村级合作医疗二十三年，与医改方向不谋而合；他重视农村免疫工作，到处"抓"孩子接种各种疫苗。

——题记

肖敦木，男，1950年出生，瑞昌市白杨镇檀山村人。自1968年进入檀山村卫生所工作以来，他五十五年如一日，用精湛的医术、朴实的情怀守护着村民的健康，在当地被传为佳话。他多次获得省、市"优秀乡村医生"称号。2009年获评全国优秀乡村医生，2010年代表全国九十万村医走进中南海向温总理建言，被称为"走进中南海的江西村医"。2019年，他的家庭获评全国最美家庭。2020年，他的家庭入选第二届九江市文明家庭。

扎根农村，只为心中那份坚守

五十五年，人生中一段漫长的经历。1968年，十八岁的肖敦木从

⊙ 全国优秀乡村医生肖敦木

瑞昌共大医技班毕业，成为白杨镇檀山村卫生所的一名赤脚医生。他生在农村，长在农村，从小对农村、对农民有着一份特殊的感情。他说他不会忘记，因为农村的缺医少药，不少农民将小疾拖成大病而早逝；更不会忘记，许多农村患儿因为得不到及时有效的治疗而夭折。从他穿上白大褂的那一天起，他就立志在这一片天地中为老百姓服务。面对卫生所墙壁上牌匾镌刻的"一切为了人民的健康"标语，他暗暗立下誓言："热爱农村卫生事业，做一个实实在在的农民满意的乡村医生。"十八岁的他开始了艰辛的基层从医之路。

随着工作的逐步开展，肖敦木发现，村民需要的不是豪言壮语，而是扎实的医疗技术。专业知识的欠缺开始困扰着他，为了治疗常见病、多发病，为了尽快掌握医药知识和技能，他一边工作，一边在乡卫生院学习传统医学并参加临床实践。他购买了大量医学书籍，利用晚上休息时间挑灯夜读，拼命汲取医学知识，同时向村里的老中医和下放的知青医生求教，不放过任何一次学习的机会。功夫不负有心人，1978年，肖敦木获得了江西中医学院第二期赤脚医生中医函授结业证书，1995年获得了江西乡村医生函授教育第三层次结业合格证书，2004年注册为乡村医生。

和许许多多扎根农村的赤脚医生一样，他不断挑战自我，通过自学和理论联系实践，医疗技术水平提高得很快，处理一些常见病和多发病得心应手。群众得了一般的疾病不用去大医院，在他这里都能得到解决，他的业务水平和诊疗能力得到了群众的认可，他也成了当地群众信得过的好医生。

年过六旬的村妇熊玉玲，因腰痛、小便潴留，在市级医院住院治疗十多天不见好转，又因为医药费用昂贵，只好回家治疗，抱着试一试的心态找到了村卫生所。肖敦木和几位医生经过商量，运用草药治疗二十多天，病人痊愈，从未复发。这样的事例举不胜举。村里的百姓对卫生所竖起大拇指，来所里看病的人也多起来了，卫生所就诊率始终保持较高水平。

檀山村是白杨镇最大的行政村，全村村民两千多人，分散居住在十五个自然村，谁家人有什么病，谁家孩子什么时候该接种何种疫苗，肖敦木的心里都有一本账。五十多年来，他的足迹遍及檀山村每一个角落、每一条巷道。村民程厚礼因患慢性胆囊炎和胃病多年，每次病情发作都请他出诊，他从不厌烦，每次都及时赶到，为病人进行治疗。为了等病人病情稳定，他往往一等就是几个小时，有时候等到深夜，直到病人病情稳定，他还要再嘱咐几句，才放心地回家。虽然多次出诊服务，但他从未收过出诊费和注射费。病人为了感谢他，给他送去家禽和鸡蛋，他也总是婉言谢绝。

五十多年来，不论春夏秋冬，不论白天黑夜，村民们的病痛最令肖敦木挂心。他从不计较个人得失，默默无私地奉献着。哪家有人病了，一个电话过来，他立即上门诊疗，或者载着患者回卫生所救治，有时碰到疑难杂症自己无法救治，他便想方设法将病人转到镇医院或县医院。一个风雨交加的深秋夜晚，远离卫生所三公里的四十多岁村妇程水英因

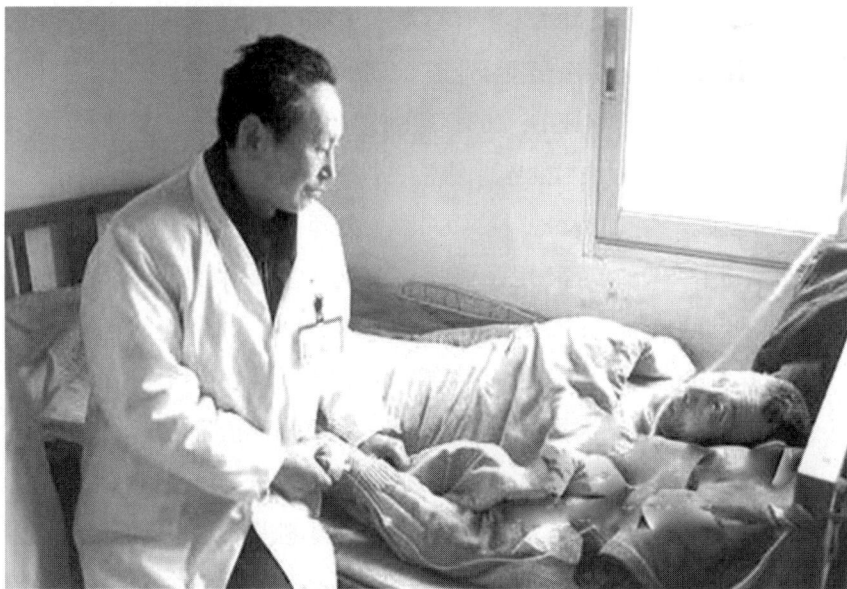

⊙ 肖敦木为病人诊治

急性腹痛求诊，肖敦木接到电话就背着药箱、冒着风雨出诊，刚把病人救治好，另一个村庄又有一位急诊病人求诊，肖敦木便又马不停蹄地赶去。由于出诊及时，诊疗正确，病人很快好转，他的全身却湿透了，冷得浑身发抖，一身泥水、一脚高一脚低地往家里赶，不料又有一个村庄的六岁儿童突发高热求诊，等赶到病儿家中把病儿处理好，天已大亮。回到家里，肖敦木换了件衣服，吃了点稀饭，又开始担心那些病人，转而又去他们家中进行回访性诊疗，六岁病儿的母亲感动得流了泪。

肖敦木始终把孤寡老人和特困家庭作为重点关注对象。南港组有两位"五保"老人，王义开患慢性支气管炎、肺源性心脏病，老伴周继红患高血压、脑梗死，长年无人照顾，基本生活也不能自理，他就定期免费送医送药上门，长达五年，从无怨言。多年来，肖敦木累计为当地群众减免医疗费用数万元，同时坚持对军烈属重点关照，每逢他们有了病痛,都主动上门,送医送药。他说:"人都有个病痛,军属家庭孩子不在身边,我做好他们的保健医生是应该的。"

倾尽所能,只为守护一方百姓

除了诊治农村多发病、常见病,肖敦木还积极配合有关部门,做好公共卫生预防保健工作,积极应对各类突发公共卫生事件,取得了显著成效。

过去,农村卫生条件较差,防疫工作不规范、不健全,群众缺乏防疫保健意识,疟疾、麻疹、头癣、丝虫病等传染病肆虐。年轻的肖敦木忧心忡忡,一面积极学习防治知识,一面挨家挨户宣传传染病防治知识,指导大家开展防病除害工作。头癣大流行那段时间,他甚至定期上门为患者挨个洗头、搽药,一些患者的头部因为长癣而流脓血,散发出腥臭味,肖敦木没有丝毫嫌弃。他的无私与真诚,让很多病人和家属热泪盈眶。在肖敦木的努力下,檀山村率先在瑞昌县消灭了头癣顽疾。

"你绝对是个模范!"1972年,九江市防疫站对各地头癣防治工作检查验收时,十分赞赏檀山村的防治工作,对肖敦木做出了这样的评语。

二十世纪八九十年代,由于农村居民文化水平相对落后,预防意识淡薄,导致计划免疫工作在农村开展难度较大,做好儿童计划免疫工作事关重大,肖敦木同样没有丝毫马虎。但在那个信息闭塞、知识匮乏的年代,庄稼人谁还会在乎"预防第一"呢?

曾有记者采访檀山村一名姓徐的村民,得知那时候大家的想法是"没病让我打什么针",更有甚者,以讹传讹,说"打预防针就是打节育针,打了针就不能生孩子了"。送预防针到田间地头的肖敦木不得不和那些看见他就跑的群众打起"游击战",滑稽的场面让肖敦木哭笑不得。

"我觉得事实是最好的宣传。"肖敦木没有气馁。有一次,他走访熊友怀家庭,动员让孩子接种疫苗,却被家长一口回绝,"又来要钱,没钱",甚至要把他撵出家门,并且说"孩子好好的,为什么要打什么预防针？"他苦口婆心地解释预防接种的益处，晓之以理、动之以情，毫不犹豫地从自己口袋掏钱垫付，孩子家长感激不已，最终让孩子接种了疫苗。他知难而进，逐门逐户核实做好登记和宣传教育，改变家长们的观念，使他们能及时带孩子参加计划免疫接种，得到了广大村民的理解、信任和支持。对于困难户，他总是慷慨解囊。在他的不懈努力下，檀山村的计划免疫工作深入人心，从此，人们看到肖敦木不但不躲，甚至主动要求打预防针。

为达到儿童预防接种不漏卡、不漏种的要求，肖敦木几乎每个星期都要上门入户调查摸底两次，有时为了给某一个儿童接种疫苗，他一天要上三次门，白天找不到人，晚上继续找；今天没找到，明天继续找，直到一个不漏地完成预防接种任务。谁家有几个小孩、有多大，什么时候接种什么疫苗，他都掌握得清清楚楚。经过几年不懈努力，檀山村的计划免疫工作有了明显改善，疫苗接种率达到百分之百，第一个在全市实现了以村为单位计划免疫达标。在计划免疫工作中，他还不断开拓，不断创新，率先在村卫生所建立了新生儿预防接种登记、儿童出生登记及流动儿童管理登记制度，同时确保全村适龄儿童的计划免疫建卡建册率达百分之百，使计划免疫工作有了新的起色。檀山村连续三十多年无小儿脊髓灰质炎、白喉等传染病发生，连续二十多年无小儿麻疹、百日咳等传染病发生。这是一个奇迹，为此，二十世纪九十年代九江医专多次派学生到檀山村卫生所见习。

大环境的变化没有改变肖敦木做好公共卫生保健工作的决心，为消灭血吸虫病，肖敦木走遍了檀山村每个角落，哪个池塘、哪条沟渠有钉螺，他都了如指掌。2004 年，檀山村率先在瑞昌市消灭钉螺，檀山人走出了长期受血吸虫病威胁的困境。

2007 年，在省级财政对村卫生所补助一万元的基础上，肖敦木又自筹近四万元对卫生所进行维修改造，改善了村民的就医环境。2008 年，肖敦木带领卫生所在瑞昌市率先试行农村社区卫生工作，用了一个多月时间，为农村社区四百三十八户一千五百八十六名村民建立健康档案，对老年人、儿童、残疾人等重点人群进行健康体检，并对空巢老人、留守儿童进行单独管理。

在 2009 年开展的"光明·微笑"工作中，肖敦木对每家每户进行调查摸底，一个不漏地完成登记任务，并护送病人到镇卫生院检查，出色地完成了任务。

他尽自己所能，为乡村公共卫生事业倾注了大量心血。

合作医疗为医改成功树立典范

随着社会改革力度不断加大，卫生所实现快速发展时，村卫生所须面临的难题也悄然来临。1983 年，随着体制改革的进行，全国村级卫生所面临要么解体，要么转为个体的命运。面对改革浪潮，已担任九年

⊙ 肖敦木与亲友分享获奖喜悦

卫生所所长的他陷入矛盾之中。如果转为以经营目标为主体的个体诊所，个人收入肯定会提高，说句内心话，他也想家里的日子好过点，生活水平提高点，但如果真的转为个体了，卫生防疫保健工作将得不到保障，人民健康就会受到影响，老百姓看病负担就会增加许多，又会导致"看病贵，看病难"，这将有悖于当年自己立下的誓言，自己也不敢面对乡亲们信任与尊重的目光。最终，肖敦木在地方政府和卫生部门的支持下，让卫生所继续维持村集体所有性质，实行联合办医，坚持村级合作医疗不动摇，继续把基本治疗和预防保健等公共卫生工作作为重心。肖敦木没想到，自己当年的这个决定，在二十三年后，又与国家医药卫生体制改革的方向不谋而合。2006 年，全国村级卫生个体诊所全部转为合作医疗，实行一村一所。

与一些阳奉阴违的卫生所相比，一直实行村级合作医疗的檀山村卫生所成为卫生部门力推的典范，受到省市各级卫生部门的高度重视。

尽力战"疫"，为肩上那份责任

在防洪排涝，防控手足口病及甲型 HlN1 流感等突发公共卫生事件中，肖敦木冲锋在前，为群众一户户送上洪涝后防大疫的消毒药品，向群众宣传饮水安全卫生知识，为辖区内儿童检查手足口病，做好辖区儿童手足口病的防控工作。防控甲型 HlN1 流感时，做到发现疫情及时上报，认真筛查辖区内回归人员，做好登记，严密防控甲型 HlN1 流感的发生和传播。

就在他日夜为百姓求医问药解除病痛时，2003 年，一场突如其来的"非典"又把他推到了"保障人民群众健康和生命安全，众志成城抗击非典"的第一线。他负责疫情排查和宣教工作，为了能够在第一时间掌握外出返乡人员的情况，他走村入户，跟群众沟通，宣传非典防治知识，在防治非典的数十个日日夜夜中，他没睡过一次安稳觉，不知疲倦地奋战在一线，他消瘦了，累病了，人黑了，但他无怨无悔。

新冠肺炎疫情期间，年过古稀的他在乡镇及村干部的带领下，不分白天黑夜、不顾天气寒冷，奋战在抗疫一线。除上门采样外，他还在赤湖交通路口卡点值守进行核酸采样，一守就是十几个小时。因年老体衰，穿着隔离防护服，怕大小便不方便，头天晚餐不敢吃、晚上口渴不敢喝。家人看在眼里，急在心里，可他却说熬十几个小时没关系。面对病毒强烈的传染性，说不恐惧不害怕是假的，但作为党员的他临危不乱，迎难而上，舍小家、为大家，主动担当，发挥着卫生所"强心剂"和"定心丸"的作用，随时关注疫情防控动态，带领全所医务人员，多措并举打好防控"组合拳"，筑牢村级疫情最强防线。

建言献策与总理面对面谈农村医疗

2010 年初，六十岁的肖敦木去了两趟北京。

1 月 5 日，他作为全国优秀乡村医生，代表江西省的八位全国优秀乡村医生进京参加全国医药卫生系统表彰会，受到时任国务院副总理李克强的接见。发言中，肖敦木向李克强副总理提出建议，希望国家能够考虑乡村医生的养老保险和待遇等问题，因为这是所有乡村医生的愿望。1 月 6 日，肖敦木根据国家卫生部的安排，和参加表彰的其他同志一起接受了中央媒体的集体采访，并用精彩的语言进行了回答。1 月 14 日《人民日报》对他的发言"儿童无一漏种疫苗"进行全文刊登，引起了卫生界的普遍关注。

1 月 28 日，他再次受邀赴京，走进中南海。2 月 1 日，时任国务院总理温家宝在中南海主持召开座谈会，征求对即将提请十一届全国人大三次会议审议的《政府工作报告》的意见。在国务院第一会议室椭圆形的桌子边，受邀来自全国各地的十名各界基层代表分别建言献策，来自瑞昌市白杨镇檀山村的卫生所所长肖敦木代表卫生界和全国九十万乡村医生向温家宝总理提出三条建议：一是解决村医的工资待遇问题；二是

◎ 肖敦木参加表彰大会

乡村卫生室也要实行药品零差价销售；三是做好农村的改水、改厕工作。

"这三条都很重要。"温家宝总理听后表示。

肖敦木听力不太好，说："请总理大声一点，我才能听得到。"

温总理提高了声音："你讲的都很重要。"

听到总理在夸奖自己，肖敦木脸上露出了高兴的笑容。

"村医的工资待遇问题要和乡村卫生室实行药品零差价销售联系在一起解决。改水、改厕也要与农村卫生条件改善、沼气建设结合起来，进一步推进。"温家宝总理进一步阐释道。

"总理非常平易近人，很和蔼！对我们提出的建议也很重视，都做了笔记！"2月3日，刚刚从北京开会归来的肖敦木面对着采访他的记者，脸上依然洋溢着兴奋的笑容。3月5日，肖敦木又对记者说："温总理新作的政府工作报告，我从头到尾逐字逐句认真学习了，我2月份参加政府工作报告征求意见会时所提的意见和建议，工作报告里都采纳了！

一个普通乡村医生所提的建议，能引起党和政府的高度重视，写进政府工作报告，真是太令人感动了！看了工作报告，我对今后的工作更加充满了信心。医药卫生事业改革发展关系到人民身体健康和家庭幸福，我们要克服一切困难，把这个世界性难题解决好。"

最美家庭传承良好家风

自 1968 年进入白杨镇檀山村卫生所工作，至今已五十五个年头，肖敦木以高度的敬业精神、执着的职业操守、精湛的医疗技术，赢得了村民们的普遍尊敬。

他的妻子熊红梅勤劳朴实，在村里口碑相当好，一人承担起了家庭承包土地耕种的重担，孝敬婆婆，相夫教子。2001 年 3 月，婆婆因不慎摔跤瘫痪在床，熊红梅从此每天起早摸黑，既要种田地，做饭洗衣，照顾孩子，还要为婆婆端屎端尿，擦身子，翻动身子按摩。女儿肖德香以父亲为榜样，毕业后放弃了高薪工作，回到父亲所在的卫生所，和父亲并肩作战，在平凡的岗位上默默奉献。行善不止、责任担当是肖敦木家庭一脉相承的家风，正是因为这样的家风，2019 年，肖敦木家庭被评为全国最美家庭。2020 年，肖敦木家庭入选第二届九江市文明家庭。

五十五年前，他豪情立誓：一切为了人民的健康；五十五年后，他依旧满怀真情：一切为了人民的健康。五十五年来，风雨剥蚀了砖墙，岁月催老了容颜，但他依旧是村民口中的"肖医师"，他是中国千千万万乡村医生的缩影，在这个平凡的岗位上，他默默奉献、任劳任怨、辛勤耕耘、艰苦创业。虽然他没有豪言壮语，没有惊天动地的业绩，但是，正是他几十年来扎根基层，心系群众疾苦，关心群众安危，才巩固了檀山村农村医疗卫生网络的"网底"，保障了一方百姓的健康安全。他在乡村医生道路上坚守自己"一切为了人民的健康"信念，"杏林坚守五十载，悬壶济世一生情"，像蜡烛那样燃烧自己，照亮别人。

第七章　人老心红干劲足，霜叶红于二月花

——记全国老龄工作者先进代表丁显松

1934 年 12 月 5 日，丁显松出生于瑞昌县范镇大屋丁村。1954 年 9 月参加工作，1962 年 5 月加入中国共产党。退休前，他在公安战线奋战了二十七年。1997 年和 2003 年，他被中国老体协评为全国老年体育工作先进个人。2014 年，他获国家老龄委授予的 "老有所为楷模" 称号。

倾心打造老年人的健康乐园和精神家园

从 1995 年接手老年体协工作起，丁显松已经为瑞昌市老年体育事业服务了二十八年；从 1954 年参加革命工作起，丁显松已经为党的事业奉献了六十九年。他用自己的生命践行着一个共产党人的誓言，如今，已是八十九岁高龄的他，仍然忙碌在为老年人服务的第一线。丁卯分明，潜心事，他能办成别人认为不可能办成的事，得到了领导的重视和社会的关注，使瑞昌市老体协成了全市、全省乃至全国老年体育战线的一面旗帜。

1995 年，丁显松退休，本该赋闲在家享受天伦之乐，但许多当地老同志请他出山，市委、市政府领导也 "三顾茅庐"，请他为 "长寿工程"

发挥余热，于是，他担任了瑞昌市老年体协党委书记，次年担任主席。

当时的老年体协既没有足够的办公经费，也没有固定的办公地点，市直机关和乡镇老年体协组织还没有建立，只是几个退休的老人靠四处求"神"拜"佛"，勉强维持着。这时候，丁显松的"犟"劲上来了。

"越是艰难险阻，越要迎难而上。"

如何切实服务好瑞昌市老年人"老有所乐，老有所为"工作，提上了议事日程。丁显松带领班子成员横下一条心，下基层调研，听老人心声，找问题，商对策，定目标，制订任务计划，分解落实台账。在他的强力推进下，瑞昌市各级老年体育协会组织快速发展。他还制定了全市统一的规章制度，定期开展活动；面对财政经费不宽裕的实际情况，他创办多家经济实体，搞募捐，拉赞助；为了解决办公地点问题，他向上级要地皮，承诺只要地，不要钱，自己建。经过市委、市政府的协调，终于把市中心人民公园临街的一块地无偿划拨给老体协。

⊙ 全国老年体育工作先进个人丁显松

有了地，丁显松带领班子成员跑九江，上南昌，下乡镇，号召全市各单位和老年人捐款捐物，出工出力。他自己也为建设老年人体育活动中心捐款了一千两百元。

同时，他找规划设计单位免费设计了建筑图纸，使之与公园及周边建筑相协调。在施工过程中，丁显松不仅白天在工地参与管理，晚上还经常住在工棚里。2002年大楼建成，丁显松瘦了一圈，但却越发精神了，这栋投资一百四十万元的老年体育活动中心，凝聚了丁显松和老年团队的心血和汗水。由一块平地，到建成一栋大楼，一件几乎不可能办成的事，却出人意料地完美结束。

从此，瑞昌市的老年人有了自己的健康乐园和精神家园；从此，瑞昌市、乡（镇）、村三级老年体育协会组织如雨后春笋，老年人参加协会活动的热情空前高涨。

不断学习创新，跟上新时代步伐

活到老，学到老，学是基础，学习使人进步。丁显松说自己刚进老体协时，是个门外汉，什么都不懂。不懂就要学，向书本学，向行家学，学习再学习，打好思想、工作基础，争取做一个懂行的老体协干部。作为一个"班长"，他不仅个人学，而且还督促和组织班子成员学。此外，他还不时组织市协会班子、分支会主席走出去，学习外地先进经验，弥补自身的短板和不足。同时，为了不断提高老体协干部的思想、政治、工作水平，市协会每年还举办一两期基层分会主席（会长）秘书长培训班，学政治、学理论、学业务、学科学知识，不断为基层老年体育干部充电，使自己和全体老年体育干部在思想上能够跟上新形势、新时代发展的需要，在工作上能适应新形势、新时代的要求，在老体业务上，能当新时代的行家里手，使老年体育干部，成为既懂政治又懂业务，还懂科学知识的合格老体干部。

创新是灵魂，没有创新就没有可持续发展能力。老年体育工作与其他工作一样，没有创新就没有发展，创新决定着事业的成功与否。多年来，丁显松为了适应新形势的发展，结合瑞昌的实际，带领老体协不断调整工作思路，于 2000 年提出了"五化一为"的总体工作思路和奋斗目标。2011 年根据老年体育工作发展情况，又增加了一项，改为"六化一为"任务，即组织网络化、场所建设普及化、健身活动常态化、科普工作长效机制化、活动经费多元化、管理规范科学化，为党的中心工作服务。他为老年体育工作既制定了长期奋斗目标，也制定了五年和一年中短期奋斗目标，做到长、中、短结合，积小胜为大胜，为全面实现"六化一为"的总体目标奋斗。

在机构创新上，2004 年，丁显松根据十六大修正党章的最新要求，在九江市委组织部和瑞昌市委组织部的指导下，经过市委批准成立了中共瑞昌市老年人体协委员会，当时，这在全国可以说是"独生子"。市会党委下面设有乡（局）分会党支部、行政村（社区）设党小组，共有党员四千零四十五名，充分发挥了核心堡垒作用，保证了党的方针路线在老年体育工作中贯彻执行，有力地推动了老体工作全面、均衡、快速发展。

在工作制度和方法创新上，为了把工作重心转移到农村基层，丁显松经请示市委、市政府，从 2002 年起，建立了农村乡镇和市直系统举办"老运会"制度，每年在农村乡镇举办"老运会"一次，分南、中、北三个片进行，在市直单位每两年举办一届"老运会"，分党政群、财贸、工交、联合口四个系统进行，既扩大了老年人体育健身的活动面，又加强了党政领导对老年体育工作的了解，推动了健身活动不断深入开展。参加健身活动的老年人数逐年增加。

他还拓展老年体育服务范围，扩大老体协产业，在范镇长春、源源两村搞试点，把民间养老纳入老体协服务范围。2018 年，长春村在民政等相关部门支持下建了一栋四百五十余平方米的活动中心和养老所，

⊙ 瑞昌市老人健身球开幕式活动

由村老体协支会管理，创收也归支会。源源村民间投资一百七十余万元，建了一栋七百多平方米的活动中心和养老所，2017 年 5 月投入使用。

做好宣传与送科普知识上门工作

榜样的力量是无穷的，树立先进典型，发挥示范引领作用非常有必要。秘书出身的丁显松文字功底不错，每年带头撰写相关科研论文，并主持编印了优秀论文集《益寿之路》四千册，《老年人科学知识读本》五千册，分发给全市老年人阅读。

为了把"老年体育科普宣传工作长效机制"落到实处，便于各地、各单位操作，丁显松把建立"老年体育科普宣传工作长效机制"作为一项工程来抓，称其为"二三五"工程。"二"：老年体育宣讲团和科普宣传队。"三"：经费保障，市协会科普宣传费每年十万元左右，乡镇和市直单位分会每年一万元左右，行政村（社区）每年两千元左右；硬件建设要具备阅览室，具备科普宣传栏（室）和音响、电视机设备；指定专人负责日常事务。"五"即"五个结合"：口头宣传与文艺宣传相结合；集中宣传与送科普知识上门相结合；宣传员宣讲与健康老年人现身宣传相结合；健康检查与提供"处方"，因人而异与运动相结合；传统手段宣传与现代网络和电视宣传相结合。采取这"五个结合"宣传方法，不仅取得明显宣传效果，而且有力地提高了科普宣传员的宣传水平和技能。周世明，高丰镇青丰村人，在村里搞科普宣传十多年，在村里办起科普书屋、黑板报，经常向中老年人宣讲科普知识，并根据村民要求，邀请农技干部传授种植、养殖技术，由于工作认真负责，成绩优秀，2014年被江西省老体协、老年体育科学学会评为江西省城乡基层科普宣传工作"十佳"科普宣传员。时任江西省老体协副主席兼省老年体育科学学会副会长肖元安，还来到该村调研、总结周世明同志的工作经验。

另一位科普宣传员王兴文，他从事科普宣传工作时间虽然不长，但他肯学习，勤思考，经常深入群众了解情况，有针对性地进行知识宣讲，获得广大老年人的好评。2018年12月，江西省在南昌市进贤县召开全省城乡基层老年体育科普工作交流会，王兴文第三个在大会上发言，他脱稿宣讲，获得与会代表一致好评，大家认为王兴文的做法具有典型性、可学性，值得借鉴和推广。

还有一位老年体育科普宣传员陈绪尧，在耄耋之年，不顾年事已高和高度近视的困难，广泛收集科普资料、民间医药单方，八年时间内先后精心编辑了三本共六十余万字的科学健身和养生图书，以及一本民间医药单方，在市人大相关同志的支持、帮助下，印刷四千五百本，免费发放给了全市各级老年体育组织，以供科普宣传员学习宣传作参考。市人大分会订阅的四十余份《开心康乐寿》，也都是经过他一手分发的，对于身体羸弱参加不了活动的会员，他还逐个送上门，全心全意为老年健康服务。由于他贡献突出，九江市老体协授予他九江市老体协成立三十周年特殊贡献奖。瑞昌市老体协成立三十周年时，市委、市政府授予陈绪尧老年体育特殊贡献奖。

由于老年体育科普宣传长效机制的建立和健全，全市一千两百余名科普宣传员贯彻各级老年体育"两会"精神，坚持常年活跃在广大城乡，走千家入万户，按照《科普宣传员手册》要求，编教材、办讲座、办宣传栏、办图片展、组织老年人学习科学健身知识，受教育的老年人数由原来的年均三万六千余人增加到五万七千五百余人，占全市老年人总数的近百分之八十。

凝聚合力，团结奋进，一致向前看

丁显松建立起了健全而相应的规章制度，他知道，只有建立了加以激励和有章可循的制度，才能保证工作强有力地运转，才能发挥每个人的聪明才智，才能更好地为老年体育事业做贡献。这些制度包括：工作制度，每周上班不少于五个工作日，每个工作日不少于六个小时；节假日值班制度，每逢国家规定的节假日，班子成员轮流值班，处理日常工作；岗位责任制度，班子成员分行业、分片、分系统包干负责制，实行定人、定任务、定职责、包完成任务的"三定一包"责任制；下基层调研制度，班子成员每个月下基层不少于三天，每年至少进行一次调研，并形成调研材料，为市协会提供工作决策依据；抓典型制度，每个片区、系统抓一到两个典型，用典型推动面上的工作；建立工作目标考核制度，年初下达目标任务，年终以片区、系统组织目标考核评比。

由于上下同心同德，勤奋合作多年，瑞昌市老体协的工作多次受到国家、省、市老体协的奖励表彰。2004 年 2 月，中共瑞昌市委决定印发通知，号召全市党政干部学习瑞昌市老年体协"不图名利、无私奉献、团结拼搏、迎难而上，开拓进取、争创一流"的精神。

万人操弓，共射一招，招无不中。丁显松说：既要上级给力，又要向社会借力，更要自身发力，只有"三力合一"，才能有的放矢。

为此，丁显松经常向上级部门请示报告工作，争取上级部门在工作上给予重视，在政策上给予支持，在经费上给予帮助。建会三十多年来，特别是近几年来，上级部门每年都为加强老年体育工作发文，如五年工作发展规划，每年工作安排意见，其他重要事项等，活动经费逐年有所增加，市会经费由1999年的一万元左右，现增加到六十余万元。各基层分会由开始的三千元，现在增到三万至五万元，各村（社区）支会由开始的一千元左右，现在增到五千到一万元左右。

认真用好国家、省、市机关和老体协给予的助力。凡是上级党政机关和老年体协发的文件、开的会议及重大活动部署，丁显松都要带领班子成员认真学习、研究，并以此为契机，引领制订贯彻实施方案，并报请市委、市政府同意，迅速在全市各基层老体组织中开展活动，强有力地推动老体"两会"工作全面发展，上水平，上台阶。2017年，全市二十一个乡（镇、场、街道）已基本达到江西省规定的示范乡镇的标准，一百八十三个村（社区）有一百六十二个达到省级标准，占总数的百分之八十八点五；市乡村（社区）二百四十八个辅导站，有二百一十一个达到省级标准，占总数的百分之八十五。教练员、裁判员、社会体育指导员共培训七百八十一人。已有七十四个分会一百八十三个支会，按省老体"两会"建立长效机制的要求，2016年全部达标，2017年又予以整顿、提升。

老吾老以及人之老。丁显松重视宣传，扩大老年体育工作的社会影响力，加强和增进了各相关部门的关系，争取成功企业和部门向老年人献爱心。在宣传工作的感召下，不少成功人士和单位主动向市协会和分、支会捐款捐物，支持老年人修建活动场地，开展体育健身活动。

丁显松还很重视加强老党员、老体协干部的思想政治教育，教育他们不忘初心，不忘服务老人健康的宗旨，懂得"谋事在人，成事在天"的道理，凝心聚力，主动发力，奋发图强，发扬"抓铁有痕，踏石有印"

的实干精神，把上级、社会给老体协的力用好，把老年人的事情办好。

回顾以往，展望未来，丁显松自豪而又深情地说："人生是短暂的，道路是曲折的，奋斗是必须的！"

第三编

"铁肩膀" 托举着美好未来

用智慧和汗水营造了劳动光荣、知识崇高、人才宝贵、创造伟大的社会风尚，谱写了"中国梦·劳动美"的新篇章。

——2020 年 11 月 24 日，习近平总书记在全国劳动模范和先进工作者表彰大会上的讲话进入新时代，瑞昌市四十万人民在党和国家的号召下，用前辈"铁肩膀"作风激励自己，在工业、交通、高科技、商贸、文化、教育等各条战线上砥砺奋进，艰苦奋斗，瑞昌市的工业强区、交通枢纽地位愈加凸显，成为名副其实的"赣北明珠"。在奋斗的过程中，又有大量的劳模涌现出来，他们，接过了前辈的衣钵，前赴后继地为了瑞昌的繁荣昌盛而贡献出自己的"一根扁担，两个肩膀"。

有为了一方平安，牢记使命，初心不改的全国劳动模范周俊军；

有荣获"全国抗击新冠肺炎疫情先进个人"称号的吴智丽；

有"鞋上沾满泥土，心中装满百姓"的全国"人民满意的公务员"周贲；

…………

2020年1月8日，在"不忘初心、牢记使命"主题教育总结大会上，习近平总书记指出："广大党员、干部要在经风雨、见世面中长才干、壮筋骨，练就担当作为的硬脊梁、铁肩膀、真本事，敢字为先、干字当头，勇于担当、善于作为，在有效应对重大挑战、抵御重大风险、克服重大阻力、解决重大矛盾中冲锋在前、建功立业。"

2022年10月，党的二十大胜利召开。在新时代的号角声中，中共瑞昌市委、瑞昌市人民政府积极响应党中央的号召，结合瑞昌"铁肩膀大桥人"的历史，创建了"大桥铁肩膀"党员示范基地，并大力号召瑞昌人民向身边的劳模学习，为建设、发展新时代新瑞昌，要永远发扬"一根扁担，两个肩膀"的"铁肩膀"精神！

第一章 初心不改踏歌行
——记 2015 年全国劳动模范周俊军

他，33 岁通过公务员考试进入公安系统，可谓"大器晚成"的公安人；他，进入公安系统后，大胆创新工作思路，积极投身各项改革，运用科技手段为自己的公安生涯插上腾飞的翅膀，取得了多项不俗成绩，在平凡的工作岗位上演绎着属于自己的不平凡人生。

他，先后受到中共江西省委领导、公安部领导的亲切接见；他，曾多次荣获个人一、二、三等功，获得"全国特级优秀人民警察""中国青年五四奖章""全国先进工作者""全国公安机关爱民模范""全国政法系统优秀党员干警""二级英模"和"全国劳动模范"等荣誉；2013 年当选为第十二届全国人大代表，2017 年当选为党的十九大代表。

他就是瑞昌市禁毒办专职副主任周俊军。

周俊军，男，瑞昌市花园乡人，1972 年 5 月出生于一个普通的农民家庭，1995 年从九江师范专科学校化学系毕业，被分配到花园中学任教，历任学校政教处主任、副校长，2003 年 7 月加入中国共产党，2005 年通过公务员考试进入公安队伍，先后在张家铺、肇陈、赛湖派出所任民警、副所长、教导员等职，2017 年 6 月调任瑞昌市禁毒办专职副主任。

农村警务信息化改革的"领头羊"

初识周俊军的人都说他给人一种质朴山里汉子的感觉：皮肤黝黑粗糙，个子高大壮实，说话直爽憨厚，那双明亮的眼睛更是透着一股民警特有的机警干练。

2005 年 8 月，周俊军进入公安系统，在条件较好的张家铺派出所工作不到一年，便主动要求调到艰苦偏远的肇陈派出所洪一乡警务室工作。面对从"米箩"主动跳到"糠箩"里的选择，亲友疑惑，同事不解。

"其实我没别的意思。我考公务员那年已 33 岁，年龄在录用者中是最大的了。我就是想到条件差点、情况复杂的地方去，锻炼的机会多呀！"周俊军在接受采访时说。

洪一乡是瑞昌市最偏远的一个乡镇，地处瑞昌市最西北，距市区近八十公里，群山环抱，坡高路陡，全乡百分之八十的村庄与湖北省阳新县相邻，有"瑞昌阿里山"之称。

周俊军从到洪一乡警务室上班的第一天起，就开始走村串户，了解社情民意。短短两个月，他的笔记本里就记下了大量的材料。然而，有一件尴尬的事情让他心情久久不能平静。当地征兵政审时，所里要他为一名应征青年出具证明材料，他隐约听人说这名青年曾有

⊙ 全国劳动模范周俊军

过盗窃行为，但又不是很有把握，只得翻笔记本慢慢查找，花了大半天时间才找到证据。虽然所里领导没有批评他，可他却觉得自己的工作效率实在太低了。

有什么法子能提高工作效率，让群众更满意呢？那些天，周俊军心里像压着块石头，沉甸甸的。猛然，他脑海里电光一闪：为什么不创建一个警务信息平台呢？那样工作起来不就既准确又快捷了吗？

他把自己的想法向所里领导汇报，得到领导的首肯："想法很好，不过你可要坚持下去，不要虎头蛇尾啊。"时任肇陈派出所所长的徐伟红很高兴，但也有一丝疑虑，毕竟工作量是十分浩大的。

周俊军是一个有想法必定付诸实施的人，有了领导的肯定与支持，他便马不停蹄地投入运作。所里为了支持他的工作，安排他将治安内勤工作移交，并为他购置了新的数码相机。洪一乡政府也专门拨款购买了一台手提电脑供他使用。新来的民警徐松华、张志锋热情地说："周哥，你放心大胆去干，需要帮忙的地方尽管开口，我们一定尽力。"这一切让周俊军感动不已："没有大家的支持，这项工作是无法完成的。"

没有了后顾之忧，但现实难题却迫在眉睫需要解决。创建信息平台，需要使用图片处理和网页制作两个软件处理图片、制作网页，而周俊军只会操作简单的办公软件。不会使用图片处理和网页制作软件，一切工作无从开展，怎么办？周俊军下定决心"从头学"。其实，周俊军一向对电脑感兴趣，"喜欢钻研技术"的他，早在花园中学时就是学校数一数二的电脑高手。为了掌握电脑知识，化学专业出身的他常常捧着电脑专业书籍，在电脑前一坐就是大半夜，后来，全校的材料、表格都由他来完成。即便当了副校长，走上领导岗位，这项工作也一直没人能接手。

"用制表软件登记学生成绩时，我输录的速度甚至比他们报数字还快。"提及往事，周俊军仍很骄傲。但这次，图片处理、网页制作软件更专业，使用难度更大，好在周俊军有自己的一套方法：钻研专业书籍、向行家求教。他前前后后买了上千元专业书，有空就对着电脑摸索，实

⊙ 周俊军在田间收集农户信息

在弄不明白的地方，他就向市内一家广告公司的专业设计人员请教。

与此同时，周俊军开始了烦琐的信息采集工作。洪一乡面积一百点五平方公里，包括十一个行政村，一百零四个自然村，五千四百八十六户居民，一万七千人口。周俊军骑着摩托车一个村一个村地跑，每到一地，他要把村子的概貌、环境、方位里里外外熟悉一遍，然后画出草图。晚上回到警务室，他凭借记忆将草图予以精细勾勒，最后用扫描仪扫到电脑上，用自己现学的一点技术，进行简单的图片处理。"开始，我甚至画曲线都不会操作"，光是画方位图这项工作，周俊军就用了五个月时间。

从2006年10月起，周俊军用了一年多的时间，每天起早摸黑，带着相机、笔记本、干粮，走遍了全乡每一户农家、每一幢房屋、每一条山道，累计步行五千多公里，收集各类信息七千余条，拍摄各类照片三千余张，制作各类表格四百余份，画下方位图一百零四幅，为洪一乡的农户，耕牛，机动车辆，商铺，变压器，重点人口，特殊人员，机关单位，特种行业都建立了信息档案。

经过四百多个日日夜夜的鏖战，边建边用，三次改版，周俊军用消瘦十公斤、磨破几双鞋子的代价，换来了凝聚着他心血与智慧的"洪一乡警务信息平台"的成功创建。他的信息平台将辖区内每家每户的房屋位置、照片、人员状况、重要物品，还有变压器、移动基站、各类商铺等信息全部录入电脑，也就是说，他几乎把整个洪一乡都搬进了电脑。

熟悉他的村民谈际荣说他："像个土改时期的干部，每天走村串户忙得像个陀螺。"乡政府食堂炊事员谈荣强大爷说他："俊军这伢崽干工作可是真用心。这一年多，只见他早饭在这里吃，然后抓几个馒头就出门了，晚上都是擦黑才回来，煮点方便面吃，灯总要亮到半夜，就是铁打的人也吃不消呀！"

"洪一乡警务信息平台"成功建成后，很快就显现出巨大的威力，成为保一方平安的"天网"与"利剑"。

2007年10月，湖北省阳新县公安局洋港派出所的民警为抓捕一名在逃的犯罪嫌疑人陈某，请瑞昌市肇陈派出所协捕。据可靠消息，陈某就躲藏在洪一乡北港村的亲戚何某家中。接到协捕指令的周俊军立刻打开电脑，不到一分钟就锁定了何某家的准确位置和熟悉了周边环境，如此快速准确的查找，让湖北民警十分惊讶。当晚顺利抓捕陈某后，他们禁不住向周俊军伸出大拇指："若不是亲眼所见，真不敢相信，你的办法如此高效快捷，太神啦！"

2008年1月9日，洪一乡王司畈村的王义元心急火燎地找到警务室："周警官，我的耕牛前两天走失了，现在已找到，就在湖北阳新县的小港村，但对方要我拿出证据才肯归还，可是，我去哪找证据啊！"

周俊军立刻打开信息平台，很快就找到了王义元家耕牛的资料。他带上笔记本电脑，和王义元赶往小港村，在对方村民家里，周俊军打开电脑让当事人查看，档案里王义元家耕牛特征与小港村村民捡到的耕牛完全吻合，对方当场便将耕牛归还给王义元。王义元感动得不停地抚摸着周俊军的电脑说：这真是个神奇的"天网"呀！

周警官有张"天网"的消息不胫而走，这神奇的"天网"如同一柄出鞘"利剑"，给社会上的不法分子带来极大的威慑，从此，洪一乡盗窃、斗殴现象几乎绝迹，社会治安明显好转。当地群众说，原来过年腌腊肉，搁在家里都怕偷，现在大晚上晾晒在屋外都很放心。

在洪一乡，周俊军是大家最信得过的人，村民之间有点小矛盾小纠纷什么的，为首的村民只要看到他出面，便挥挥手说："周警官，有你出面，我们就放心了，大家回吧。"

每年开学，都有来自湖北省阳新县洋港镇的家长带着孩子要求转学来洪一乡。问及原因，他们几乎异口同声地说："把孩子转到这里读书我们放心。"

2008年底，有一位万姓老板投资八百万元，将自己在阳新县的纺织厂迁到了瑞昌市洪一乡，他说："我不图别的，就冲着这里有周警官这样的好民警！"

2008年11月的一天，当时的公安部副部长来到洪一乡警务室考察。看到这里的一切，他紧紧握着周俊军的手说："谢谢你，在平凡的岗位上，干出了不平凡的业绩。你的创举是一个方向，值得推广，将会给我国农村警务工作带来一个新的局面。"

2011年7月25日，以周俊军为原型的电影《今天我出警》在南昌市首映，向党的九十周年华诞献礼，这部投资一千万余元的电影由喜剧明星姜超和央视著名主持人蒋小涵主演，通过轻喜剧的形式表现了一名普通民警出警一天的平常小事，着力表现了基层民警利用信息化手段服务群众的典型事迹，平凡的驻乡民警周俊军成了电影里的"男一号"，一时间在瑞昌市十里八乡传为美谈。

在电影公映的同时，周俊军独特的"周俊军工作模式"在全省和全国公安系统中得到系统推广，他的名字已经成了一个品牌，享誉全国，得到各级领导和社会各界的广泛赞誉。中共江西省委、江西省人民政府下发通知，号召全省党员干部和公务员向周俊军学习。公安部、人力资源和社会保障部授予他"全国特级优秀人民警察"称号，他还获得全国五一劳动奖章和第十三届中国青年五四奖章，并被评为"全国公安机关爱民模范"，在全国巡回做报告。他的故事也在全国开讲。面对荣誉，周俊军谦虚地说："我做得并不多，但党和组织给予我的关怀很多很多，我一定要努力工作，不辜负党和人民的期望！"

禁毒领域的勤奋探索者

2017 年 6 月，周俊军被调到瑞昌市禁毒办担任专职副主任，成了一名禁毒民警。作为"禁毒新兵"，面对禁毒宣传、社区戒毒、社区康复、各类人员的管控等等全新的工作，他没有气馁，更没有退缩，而是一头扎进去，找出《中华人民共和国禁毒法》《戒毒条例》和历年的文件资料认真学习，到周边的禁毒办和强戒所取经，慢慢熟悉了工作，理清了思路。

他深入巩固禁毒"6·27"工程，积极进入机关事业单位、各级各类学校开展禁毒讲座与禁毒宣传，累计达一百四十余场，受益群众五万人以上；组织学生到禁毒教育中心参观，全市城区学校八十多个班级的四千多名学生先后到教育中心参观学习；2021 年组织全市五年级到高二年级的四万三千名学生参与全国禁毒知识竞赛与网上答题活动，参与率达到百分之百，满分率达到百分之百，位列全省第一名，有力巩固了青少年毒品预防教育成果。

在进行禁毒宣讲工作的同时，周俊军积极参与省禁毒办组织的《江西省吸毒人员查处管控规范》的起草工作，他积极调研，认真听取各方面意见，经过多次集中讨论修改，现已印发。

他还创设条件，大力开展禁毒志愿者活动。2021 年先后组织多名禁毒志愿者积极参与禁毒知识进社区、进企业、进学校活动。在禁毒宣传月中，禁毒志愿者举行了多场宣传活动，取得了较好效果。在瑞昌丰收节上，禁毒志愿者协会邀请了六十余名骑行志愿者助阵，成为一道亮丽的风景线，强化了民众的禁毒意识。

在他的建议和推动下，瑞昌市多元化安全防范教育中心建成并投入使用，他积极利用这个阵地加强禁毒及安全宣传教育，他边使用边摸索，在人员配置、设备运转、流程控制、内外建设等方面逐渐形成了一套流程规范，顺利接待了一万余人参观学习。

在切实落实社区戒毒、社区康复工作方面，周俊军和他的同事们付出了艰辛努力，并取得良好效果。经过几年的工作实践，周俊军带领戒毒"6·26"服务中心工作人员，严格按照省禁毒办的要求落实管控，结合瑞昌市的实际改进管控措施，摸索出了一套行之有效的管控办法，有效措施在《江西省吸毒人员查处管控规范》中得到了体现。针对瑞昌市公安局办理的社区戒毒社区康复人员和在九江强制隔离戒毒所解除人员，周俊军和他的团队全部到所对接，切实落实三个百分之百，做到无缝对接。对于在外地责令社区戒毒或社区康复的人员，他们定期在禁毒综合信息系统巡查，与乡镇一起把人追回落实管控措施。目前，瑞昌市正在执行的社区戒毒人员五十八人，社区康复人员八十四人，2021年社区戒毒期满解除二十二人，新增十一人，社区康复期满解除二十人，新增二十二人，真正做到"门儿清、人数清、底子清"。

为切实把社区戒毒社区康复落到实处，瑞昌市各级禁毒机构严格按照上级的要求和规范落实工作，特别是在落实定期不定时吸毒检测这一有效措施方面，不打折扣，不讲人情，同时增加毛发快速筛查检测手段，彻底打消了戒毒人员的侥幸心理，取得了较好的效果。2021年，对社区戒毒社区康复人员共进行吸毒检测一千一百零一人次，其中毛发检测三百七十六人次，检测结果呈阳性人员两人，移送办案部门依法处置。全年下达劝诫十一人次，未有构成严重违反社区戒毒社区康复协议的行为发生。

为让禁毒宣传教育深入人心，家喻户晓，周俊军带领他的"6·26"服务中心团队利用自身优势，注册了"瑞昌禁毒"抖音号，以"讲述禁毒故事，普及禁毒知识"为主题，先后拍摄并发布了九十三期作品，粉丝达到二十一万人，获赞超过八十七万次，最多的一期作品播放量近两千万人次，取得了良好的宣传效果。

每年 6 月禁毒宣传月和春节期间，是周俊军和他的团队的两个重要宣传时间节点，为了在这两个特殊时期营造声势，他们统一制订计划，二十六个成员单位和二十一个乡镇街道及多个志愿者协会按照活动安排，各负其责开展活动，每个单位至少完成了两次宣传活动，由于步调一致，时间集中，宣传效果十分明显。

几年来，周俊军和禁毒工作人员奔走在禁毒路上，开展了一系列宣传预防教育，同时组建了一支五百余人的禁毒志愿者队伍协助宣传，如今，"健康人生，绿色无毒"的理念已经深入人心。

公安呼吁者与民生代言人

2013 年，周俊军当选为第十二届全国人大代表，作为人大代表履职的五年中，他一直谨记"为公安呼吁，为民生代言"的承诺。只要有时间，他就深入调研，积极建言献策，把基层的真实情况、存在的困难和群众的热切期盼带到中央。

参加第一次大会后，周俊军深知自己对人大代表履职知识的欠缺，决心在最短时间里掌握履职基本知识。利用业余时间，他系统学习了选举法、代表法、监督法，初步知道了作为一名人大代表应有的权利和义务，也知道了该如何开展工作。

他深知，当好一名人大代表，需要掌握的知识不能仅仅局限在公安领域一个方面，要懂国家政策，还要从更深层次懂一些经济、社会、民生问题。他买来了《中国 2013：关键问题》《中国人的焦虑从哪里来》《货币战争》等书籍，从更深层次懂得了中国一系列民生问题的根源所在，懂得了中国的改革为什么困难重重，也懂得了李克强总理在政府工作报告中提出"以壮士断腕的决心，背水一战的气概，冲破思想观念的束缚，突破利益固化的藩篱"这句话的含义。党的十八届三中全会召开后，为了更全面学习全会精神，他买来了《十八届三中全会精神十八讲》《改革是中国最大的红利》等书籍，从更深的层面领会了十八届三中全会的精神及每一项措施的出发点、落脚点和真正意义，坚定了对政府改革的信心。通过这一系列学习，他大大拓宽了视野，提高了对社会现象和社会问题的观察能力和思考能力。

当选为全国人大代表后，省公安厅领导打电话给他，对他表示祝贺，同时嘱咐他要珍惜这一来之不易的机会，多把公安工作中存在的困难和普通民警的想法带上去，为公安多呼吁。他知道这句话的重量，因为全省民警都在看着他，等着他把大家的心声带到中央。

"袭警"是公安民警在执法活动中经常遭受的侵害，在与战友们的交流中，大家强烈呼吁希望在刑法中增设袭警罪。

2014年他开始了调研。根据公安部统计，2014年因暴力袭警造成民警受轻伤以上的达一千九百四十三人次，这还不包括导致民警牺牲的数字。这让他非常揪心，从这些数字足可以看出民警执法的危险性和暴力袭警行为的频发及导致的后果的严重性。

经过查找资料，他发现以前也有不少代表委员提过相关建议，结果因为立法部门把警察执法等同于一般国家机关工作人员执法，只是依照《中华人民共和国刑法》第二百七十七条规定进行打击，实际上忽视了警察执法的重要性和危险性，忽略了袭警行为的严重性与特殊性。这在一定程度上挫伤了民警的工作积极性，弱化了公安机关的执法尊严。如果不对袭警行为严厉打击，将直接危及国家法律的权威。于是，在2015年十二届全国人大三次会议上，周俊军递交了《关于增设袭警罪的建议》。

在对交警部门的调研中，他了解到有一种比酒驾更加严重危害道路交通安全的行为——毒驾，却没有得到相应的重视。毒驾，顾名思义，是指未戒掉毒瘾的患者和正在使用毒品的驾驶员驾驶机动车的行为。比之酒驾,毒驾的危害有过之而无不及。周俊军致函公安部禁毒局,了解到,截至 2014 年 12 月底,全国登记吸毒人员二百九十五万五千人。2014 年,全国公安机关在机动车上查获吸毒人员一万九千人次,同比增长百分之九十九点四。从这些数据以及近几年来媒体报道因毒驾而造成的严重交通事故来看,毒驾已经到了必须严厉打击的程度。

毒驾危害如此之大,为何不进行严厉打击呢?交警部门反映,是因为我国刑法未对毒驾的刑事责任做出明确规定,毒驾肇事后与其他一般肇事处理没有区别,对吸毒行为也只能以治安管理手段进行处罚,这在一定程度上纵容了毒驾行为的长期存在。

大家给他提供了另外一组数据做比较,自 2011 年醉驾正式入刑以来,全国发生涉及酒驾道路交通事故的起数和死亡人数较入刑前同比分别下降百分之二十五和百分之三十九点三。"开车不喝酒、喝酒不开车"观念深入人心。

为什么不参照酒驾入刑,把毒驾也纳入刑法呢?爱琢磨的周俊军查找了以前代表提的建议,是因为缺乏有效快速检测技术而没有被采纳。那么现在的检测技术是否能够快速检测呢?他在网上进行了搜索,查找到一家公司已经研发了唾液检测技术,经与该公司和试用交警部门联系,这种快速检测技术是成熟的,已在实践中大量应用。毒驾入刑条件已经具备,2015 年,他向第十二届全国人民代表大会递交了《关于毒驾入刑的建议》。

除此之外,几年来,他先后向全国人大递交了《关于调整警衔津贴标准的建议》《关于全面推进民警维权工作的建议》《关于增加公安政法专项编制的建议》《关于抓紧制定出台〈反恐怖法〉的建议》等与公安相关的建议十个。

开完第一次大会回来,他到辖区向群众宣传会议精神,老百姓围着他问个不停,其中有个老百姓说:"周警官,这下可好了,我们以后有什么话可以跟你说,你可以为我们代言,把我们的想法带到中央去了。"

⊙ 周俊军参加党的十九大

这句话是群众对他的信任和厚望，让他感到千钧重担在肩上。

这些年来，多种假冒伪劣食品不断被揭露，被曝光；一起起触目惊心的制假售劣案件被查处，被打击；一条条鲜活的生命被残害，被扼杀；一颗颗善良的心灵被愚弄，被伤害。广大群众不禁要问："究竟，我们还能吃什么？我们还能用什么？"这些问题也引起了周俊军的重视。他想：我们的相关职能部门干什么去了？但很快，他想起了"没有调查就没有发言权"这句话，这是一名人大代表应该谨记的一句话。带着这些疑问，在瑞昌市人大相关同志的陪同下，周俊军深入瑞昌市、九江市的质监局、食品药品监督管理局、农业局、工商局进行了充分调研，结果大出意外。县一级监管部门是食品安全的直接管理者，他们对食品和产品质量的监管，必须有科学检测数据作基础，但是这些部门的设备长期处于低水平重复建设中，只能对小部分项目进行定性检测，所有项目无法进行定量分析，缺乏必备有效的检验检测设备。而且，因缺乏专业技术人员，有了设备也无法使用。资金上也因为县一级财力有限，多个部门资金分散，很难保证检测实验室的正常运行。以上原因导致这些监管部门有心无力，根本无法进行有效监管。这些问题该如何解决？根据调研时大家提出的意见，只有对这些部门的人、财、物进行整合，建立一个综合性的检验检测中心，才能有效解决问题。于是，他在十二届全国人大二次会议上，提交了《关于在市、县成立综合检验检测中心的建议》，目前国务院已经成立了相关机构，将对从国家到地方各级检验检测机构进行整合。

随着中央扶贫开发工作会议的召开和对扶贫工作的密集部署，农村贫困人口脱贫成为"十三五"期间的重要任务和全面建成小康社会的标志性指标。当时国务院扶贫办摸底调查数据显示：全国七千多万贫困农民中，因病致贫的有百分之四十二，在致贫因素中排在第一位。

是什么原因导致因病致贫呢？带着这个问题，周俊军进行了深入调研，发现很多问题是因为巨额医疗费用，一次大病足以让一个家庭陷入贫困。可按照国家政策，保障是很有力的，农民有新农合报销、大病保险、大病救助等途径，经过这几个途径后，未报销的医疗费用应该所剩不多。那么为什么会出现很多家庭无力承担的现象呢？调研中，他了解到一个因病致贫家庭的情况：丈夫在北京务工，突发急病在北京治疗，经过治疗花费了二十一万余元，回到瑞昌市报销，经过审核，有九万余元不在报销之列，也就是说，不管他经过什么途径报销，这九万多元是要自己承担的，主要是一些药品、大检查和医疗材料三部分，由于患者和医生之间的信息不对称，医生的选择就是决定。而对于农民来说，九万多元足以让一个家庭陷入贫困。在周俊军调研的对象中，医疗费用不可报销部分所占比例普遍较大，有些甚至超过了百分之五十。

周俊军心里有数了,只有降低不可报销部分的比例,才能有效防范农村家庭因无力承担医疗费用而陷入贫困的现象。2016年全国两会上,周俊军递交了《关于逐步降低医疗不可报销费用比例,防止因病致贫、返贫的建议》。

五年中,通过认真调研,周俊军一共递交建议二十五个,除了与警务工作相关的建议,还包括《关于对基本药物明码标价,数字化管理的建议》《关于成立政府综合指挥中心的建议》《关于立法规定新生儿申报户口必须采集 DNA 材料,逐步建立全民 DNA 数据库的建议》等。

五年时间很快过去,周俊军的代表任期已经结束,但为公安呼吁、为民代言的责任他永不放弃。他一如既往,深入基层倾听民声,认真思考,广集民意,寻找途径为基层传递心声。

周俊军说:"我会立足岗位实际,扎扎实实地做好本职工作,完成好各项任务,展示一名基层民警应有的风采。在接下来的日子里,我会继续收集中央精神在基层实施过程中取得的效果、遇到的问题,同时收集好基层声音,及时向上汇报,架好中央与基层之间的桥梁。"

周俊军是这样说的,更是这样做的。从警至今,他初心不改,奋勇前行,一路坎坷一路歌,始终用青春和行动诠释着"人民警察为人民"的铮铮誓言。

第二章 她是全班孩子的"母亲"

——记 2015 年江西省劳动模范徐瑞华

小时候，看着母亲手握粉笔授业解惑，她在心底萌生了当一名教师的念头。长大后，女承母业，她成为一名光荣的人民教师。从教四十二年，青丝染成了白发，她初心不改，不断求索，犹如一株清雅的百合，栉风沐雨，洒下一路芬芳。

选当孩子王，无怨无悔

徐瑞华，1964 年出生，瑞昌市花园乡百花园村人。1980 年高中毕业后，年方二八的徐瑞华毅然决然追随母亲的步伐，选择了教书育人这份平凡而伟大的职业，站上了三尺讲台。这一站，便是四十二年。

四十二年来，徐瑞华一直奋斗在教学一线，担任班主任的同时从事英语教学工作，教学管理任务重，工作量大，可她从无怨言。刚参加工作那会儿，学校英语老师十分短缺，为了不耽误孩子们的课业，她主动请缨，一个人承担三四个班的英语教学工作，一周二十个课时。这之外，她还要承担班级管理工作。几个班的学生作业，堆在桌前就像一座座小山。为了掌握每位学生每天的学习情况，她不敢有半点马虎，每一本作业都精批细改。那几年，她每天都忙得像陀螺，累了，就趴在办公桌上小憩一会儿，铃声一响，便匆匆走进教室。放学后，她都是最后一个离开学校。回到家里，也是备写教案到深夜。如今，年近六旬的她，每周工作量都在十八个课时以上，远远超过学校老师的平均工作时长，其中的辛苦自不待言。

⊙ 江西省劳动模范徐瑞华

每当新学年开学之际，很多家长都变着法子想办法把自己的小孩往徐瑞华老师班上塞，这让她不得不变成了一个"守门员"，好在学校领导站出来和她一起当"守门员"，她这才招架得住。在瑞昌市，对家长来说，这样有吸引力的老师并不多。瑞昌六中的一位副校长告诉笔者，他和徐瑞华老师曾在瑞昌二中时是同事，徐老师善于啃"硬骨头"，哪个班难带，学校就安排她去带，她都能带得很好，同事们都很佩服她。她从教四十二年就有三十余年担任班主任，且一直深受学生的爱戴。

徐瑞华班上曾有个男生性格比较孤僻，很少与同学交流，总是独自一人默默看着窗外，课后作业也常常不做，导致各科成绩都亮起了"红灯"。

徐瑞华虽执教多年，但很少碰到这样的学生。经过家访，她才知道这个孩子的父母已经离异，且在外务工，照顾他的奶奶年事已高，对男孩的学习生活已感到力不从心了。了解情况后，徐瑞华一方面经常与男孩的父母联系，联手帮扶；另一方面，她努力去发现男孩的优点，比如每次捐款男孩都很积极，下雨时常把伞借给路远的同学，还经常主动帮助、配合班干部进行班务管理。

一个月后，恰逢男孩生日，徐瑞华带着他来到自己家里，特意烧了几个好吃的菜，买来生日蛋糕，为他庆贺生日。男孩看着满桌的饭菜和生日蛋糕直发愣，沉默不语。最后居然轻轻说了一句："老师，您别管我，我不想读书了。"原来是因为男孩的心理负担太重了：他的父亲在外地已经重组家庭，母亲在外地务工又顾不上他，他总担心父母都不要他。徐瑞华趁机与男孩进行了耐心细致的交谈。徐瑞华告诉男孩，其实他的父母都非常爱他，希望他把心思放在学习上。这餐饭他们吃了很久，也谈了许多。从那以后，这名男生慢慢融入集体，开始变得爱说话了，对学习也逐渐有了兴趣，各科成绩有了较大的提高。

瑞昌六中地处郊区，生源不怎么好，全校学生有相当一部分是留守少年，其中还有很多是"问题学生"。徐瑞华老师班上也同样有很多留守少年和"问题学生"，她的教育理念是做到"一个都不能少"，让全班每一个学生都取得进步。她要求班里学生每个星期写五篇日记给她看，涉及个人隐私的可以不写，她要从中把握学生的思想脉搏，一旦发现问题的苗头，就及时解决。

徐瑞华善于以主题班会的形式，对学生进行思想品德教育。她常常让学生自己主持，她来当"导演"，让学生在主题班会上自己解决需要解决的问题。对学生，她做到宽严相济，谆谆教诲。黄金金同学学习成绩一直很好，但在初中阶段有一段时间学习上松劲了。徐瑞华发现后，立即对她提出委婉的批评，但黄同学仍没有改正。徐瑞华意识到"响鼓也要重锤敲"，之后，就在班上对黄金金进行了更为严厉的批评，从这以后黄金金才真正改正了自己的错误，成绩一路上升，后来留学美国读博士。对于学生的错误，徐瑞华从不做无原则的迁就。

有一天，一位学生的母亲来到学校找徐瑞华诉苦："徐老师，我的小孩都上初中了，可每天晚上睡觉总要睡到爸爸妈妈中间，一点自立能力都没有。我和他爸爸多次叫他单独睡，可他根本不听。徐老师，您能否找我小孩谈谈？"了解诉求后，徐瑞华把那个学生找来，轻言细语地笑着对他说："这么大的孩子还和爸爸妈妈睡一块，不羞羞脸？以后还这样，我可要在班上对全班同学说，看你害羞不害羞。"怪！徐瑞华的话很灵。就这么几句话，这个学生就开始自己睡了。

徐瑞华老师对待学生有时候温柔得像春风，有时候又像凌厉的秋风，松弛有度，亦师亦友。她常说："教书先育人，能让孩子们在自己的教育下健康成长，是老师所获得的最高奖赏。"

教书生涯四十二年中，徐瑞华有好几次"脱离苦海"的转行机会，但她总是说："因为热爱，才会选择，既然选择了当孩子王，就一定会无怨无悔地坚持下去……"

甘为孺子牛，以身作则

"喊破嗓子，不如做出样子，要想正人，必先正己"。无论课上还是课下，徐老师总是以自己的人格魅力感染学生，以自己的实际行动影响学生。要求学生努力学习，她自己也做到不断充电。每天早读，她都和学生一起大声读书；教育学生热爱劳动，她会经常参与班级劳动的全过程；叮嘱学生遵守纪律，她首先做到遵守校纪班规……在她的言传身教中，有人主动弯腰拣废纸了，有人主动关电灯、电扇了，有人主动下课为"学困生"讲题了……当她表扬学生时，同学们总会说："我是跟你学的"。

榜样的力量感召着学生，激励着学生，学校老师都笑着说："从学生的身上能看到徐老师的影子。"正如她坚信"身行一例、胜似千言"的至理名言一样，她做到了，而且做得很好。

人们常说，"一个好老师，就是一面闪亮的旗帜"！徐瑞华老师到哪个学校都是一面旗帜。

2002 年学期中途，学校安排徐瑞华接手一个班，原因是这个班的原班主任带不下去了。学校领导找她谈话时，她确实有点犹豫，她早就听说这个班级秩序很乱，班里还有所谓的"八大金刚"，喜欢恶作剧，上课时爱起哄。但当她得知这是学校领导班子反复讨论后的决定，她就开始认真酝酿降伏"八大金刚"的方案了。

第一次上班会课时，她一边进行着常规教育，一边用心观察着"八大金刚"的反应。果不其然，"八大金刚"之首的小 A 居然站起来，用手猛拍桌子，要她立即下课，理由是上一节课课间他没有上厕所。他这一举动，带动了其他几位"金刚"，课堂上顿时乱成一团。

由于早有心理准备，徐瑞华从容应对。她一边稳住其他学生，一边不慌不忙地说："既然你们上一堂课课间没有休息，而这节课也快结束了，那我就把上次占用大家的时间补回来，这节课提前几分钟下课。但是，

⊙ 徐瑞华老师在工作

下一次不能再出现这种情况。"虽然有所准备，但第一次班会就发生这种情况还是让她倒吸了一口凉气，不过她有信心把这些学生转变过来。

经过一段时间的了解，徐瑞华知道"八大金刚"有的是因为家庭条件好，从小养尊处优，被家里宠坏了；有的是因为父母管教不严，任其我行我素，养成了坏习惯；有的是秉性懒散，上课时往往醒时稀罕睡熟多；有的是做一天和尚撞一天钟，饱食终日，无所事事。

"八大金刚"头目小Ａ的父母在外务工，他和爷爷奶奶在一起生活。徐老师从他爷爷奶奶那儿得知，小Ａ小时候并不顽皮，而且很有孝心，一回家就主动帮着做家务，跟街坊邻居的关系也处理得很好。徐瑞华决定以小Ａ为突破口，降服"八大金刚"，从而彻底转变班风。一天上午，小Ａ没有来上第四节课，询问其他学生，徐瑞华得知原来是小Ａ的爷爷病了，奶奶要他中午放学到药店买些药回去，他却以此为由，没有向她请假，便擅自离校。徐瑞华早早吃过午饭，买了一些水果，一路打听着来到小Ａ家里。小Ａ正一边张罗着吃午饭，一边在炉子边看着煎中药的炉火。看到班主任来了，他先是一惊，然后跟奶奶小声说了一句话，就躲到里屋去了。徐瑞华先向小Ａ的奶奶做自我介绍，询问孩子爷爷的病情，然后说明此行的目的只是代表班上的同学来看看老人家的病情。说完，徐瑞华就返回学校了。就像达成某种默契似的，自始至终她没有在小Ａ的爷爷奶奶面前透露小Ａ在学校里的不良表现，小Ａ也没有插一句话。

下午下班时，徐瑞华发现摩托车篮子里放着一个小信封，原来是小Ａ给她写的一封信，他用平时难得的工整笔迹，向徐老师表达着感谢与歉意，并保证以后不再违反纪律。徐瑞华看着这封信，知道与小Ａ交流的障碍已经扫除了。此后，只要她一有时间，总是找机会与小Ａ沟通，并有意让他带上其他几位"金刚"一起来。

通过一年的不懈努力，"八大金刚"已经有了许多改变，原本不主动参加班级活动的他们，现在成了运动会上的健将；原本一上课就睡觉的"瞌睡虫",现在能认真听讲了。那年教师节,徐瑞华收到了包括"八大金刚"在内的全班每一位同学的贺卡。更让她高兴的是,在一次班会课上,"八大金刚"主动向全班做了深刻检讨,并向她这个班主任及全体同学保证,所谓的"八大金刚"自此以后将不复存在。徐瑞华差点当着全班学生的面流下眼泪。在班会课总结中她这样说道:"'八大金刚',并不会消失,只要大家朝着正确的方向,坚持不懈地努力,敢于正视自己的缺点,不断锤炼自己,我们每一位同学都是金刚!学习上的金刚!"

作为在糖水里泡大的一代人,当代学生身上有很多优点,但也存在一些问题:自卑、孤僻、任性、懒惰、冷漠、消极……徐瑞华面对学生身上的这类问题,坚信只要有爱心和耐心,动之以情,晓之以理,就一定能够让这些学生变得更好。她深知,学生的个性是丰富多彩的,教育学生要因人而异,一把钥匙开一把锁。

班上有一对早恋的学生,徐瑞华找到男生说:"男女同学产生爱慕之情,这是很正常的,也是非常美好的。但现在恋爱为时过早。你不趁早学习知识,将来没有本事,女孩子到时候也会看不起你的,即使结出了果也是苦果。你必须尽早刹车!等这枚果子长得又香又甜的时候再摘,好吗?"就这么一次谈话,徐瑞华就把这名学生的思想工作做通了,这个男生开始与女生保持正常距离,投入学习,中考取得了好成绩。

"你为什么找那个男生谈呢?"笔者想了解此中的缘由。徐瑞华老师笑着回答:"因为我是女老师,我说女孩子会看不起没有本事的男人,或许更可信些。其实,后来我也找了那个女生谈,只是谈话的方式不同而已。"这就是徐瑞华老师的教育智慧。

深爱学生娃,无微不至

"爱是教育的基础,是老师教育的源头,有爱便有了一切。"徐瑞华老师把爱镶在举手投足间,嵌在一颦一笑中。她总是把学生看成自己的家人、孩子，不失时机地为失意的学生送上一句安慰，为自卑的学生找到一些自信，给偏激的学生多一些引导，让学生时刻感受到老师对他们的关怀。

课间休息，徐瑞华喜欢走入学生中间，与他们聊天、戏耍，她喜欢通过细微的动作，将关心和爱护传递给学生。学生背上的一点尘土，肩上的一根头发，她为他们拍掉、拈起；学生嘴角的一些面包碎屑，她为他们擦去；学生生病时，她会毫不犹豫地送他们去看医生，带他们到家里吃饭。对待学生的错误，她往往最先考虑的是学生的自尊，以学生最能接受的方式来处理，对他们晓之以理，动之以情，帮助他们改正错误，走向成功。她的一个眼神，一个细微的肢体语言，都让学生感受到她的期盼、她的关怀。

那是一个刚开学不久的午休时间，走廊里忽然传来了高声的叫骂，正在值周的徐瑞华随即赶到，只见自己班里的一名男生坐在地上，一阵酒气扑面而来，嘴里含混不清地骂着什么，还和搀扶他的同学拉扯着。看到他这个样子，徐瑞华既难过又生气，招呼大家把他搀扶进办公室，并准备好茶水给他醒酒。直到下午下班，男生才开始清醒。晚饭时，徐瑞华请他到拉面馆吃了碗拉面，王新匆匆吃完面，向徐瑞华请了个假说身体还不舒服，先回家休息了。本意是想趁吃面时了解一下具体情况，看到他这个样子，徐瑞华只好按住脾气，让他回家休息去了。

说起这名男生，原来学校里的老师、学生没有一个不知道的，从小就是个打架王，在别人眼里野蛮、粗鲁，不能自控，总是惹事，给班级和学校找麻烦。初二时，因为在原来学校打架实在待不下去，才托七叔八姑好不容易转来瑞昌六中。听说他分到自己班的第一时间，徐瑞华主动与男生的母亲取得了联系，她发现男生的母亲勤劳、善良，但文化程度不高，工作辛苦，收入不高。父亲平时对男生的教育则简单粗暴，基本以打骂为主，日积月累，父母与男生之间的鸿沟越来越大，也越来越难以逾越。见到男生的第一面，徐老师就发现他的眼中透露出一丝丝伤感与忧郁，很难与一个经常打架的孩子联系起来。

"醉酒"风波的第二天，徐瑞华约男生到校园周围走走。在交谈中，她了解到，男生曾经的确是一个让所有教过他的老师很头痛的学生，从没有把学习当成一回事，打架却是隔三岔五常有的事，是一个十足的"差生"。本来他自己对转学无所谓，心想：不就是从一所学校再打到另一所学校吗？可是暑假，最疼爱他的爷爷去世了，爷爷临终前特意把他叫到床前，叮嘱他要好好学习，不要再混日子，将来要有出息。爷爷的临终遗言让男生感到非常愧疚，因而决定洗心革面，好好学习，同意转学到一个新学校。徐瑞华问他昨天为什么喝酒，还喝那么多时，他先是深深叹了一口气，然后说是以前学校经常在一起"玩"的同学找到他，要他帮忙出面"解决"问题，被他回绝了，那些同学生了气，不知从哪儿拿出一瓶白酒，说要是他喝下去，以后再也不来找他了。他这才喝成昨天那个样子。听他这样说，徐瑞华很是欣慰，知道这是一个不愿意认输的孩子，是一个坚强的孩子，是一个向好的孩子。

处于青春期的孩子往往很在乎自己在别人眼里的形象，尤其是男孩子，甚至可以为维护自己的形象采取一些极端的手段。这名男生在自己的新决定与旧生活产生冲突的时候，能够坚定自己的选择，是很不容易的。徐老师找到了帮助他转变的根本方法。

一个月后，徐瑞华再次约男生单独谈话，一方面肯定了他这一个月学习上的进步，另一方面有意试探他想要改变是不是随口说说。交谈中，男生主动向徐老师介绍了自己的计划：一是要彻底断绝与原来那些"朋友"的联系；二是每天跑三公里，因为他家离学校正好三公里；三是请徐老师进行监督。徐瑞华说："你能下定决心与过去彻底决裂，老师真替你感到高兴，你这个计划很有意义，老师相信你一定能坚持下去的。"

男生没有辜负徐老师的期望，在接下来的一个月里，他确实严格执行自己制订的全部计划。之后，徐瑞华又引导男生制订了新的计划：期中考试至少要有两门功课及格，期末考试争取四门功课及格，一门考过七十分。徐瑞华还特意为男生安排了住在他家附近的成绩好一些的同学帮助他。徐瑞华虽然对他完成这一目标并不抱太大希望，但她慢慢喜欢上这个学生了，喜欢他身上的那种奋斗中的执着劲儿。

2007年中考结束，男生并没有进入重点中学学习，徐瑞华为他感到惋惜，可他却在给徐瑞华的一封信中写道：徐老师，我曾经是一个让许多教过我的老师头疼的学生，在您班上学习一年，我最想说的是谢谢您，谢谢您像对待其他同学一样信任、鼓励我，真诚地感谢您的关爱和帮助！

求索育人路，孜孜不倦

"不做教书匠，争做教育者。"徐瑞华注重因材施教，灵活运用多种教学方法，她的教学风格泼辣、风趣，课讲得好、讲得透，学生爱听、爱学。她任课班级的英语成绩及综合成绩总是在学校乃至全市遥遥领先。在瑞昌六中（含原瑞昌五中）任教的十八年时间里，她所带的六届毕业生，三个夺得了瑞昌市中考状元。

在教好学生的同时，她积极推进课堂教学改革，以示范课带动年轻教师专业成长，深入开展教学研究，先后有多篇教育教学论文在省、市级刊物上发表。她和青年教师交朋友、结对子，为他们上好示范课，也深入课堂听他们讲课，帮助指导他们备课，上好每一堂课。在她的帮助、指导下，雷英平、李婷、胡元香等多位青年英语教师频频在九江市和瑞昌市教学大赛上获奖，教学效果明显提高。她还时常手把手指导青年班主任，使他们在班级管理上取得很大进步。

多年来，徐瑞华老师的教学成绩非常突出。徐老师并不是什么名牌大学毕业，但她似乎具有做教师的天赋。"其实，让学生'听话'并喜欢上你的课，首先就要让学生喜欢上你这个人，而你的课上得好又会促使学生喜欢你。"她苦练内功，努力使自己的课上得精彩。她说，"要教好课首先要有强烈的责任感，要在点燃学生的学习热情上下功夫，要培养学生好的学习习惯。"这是她的体会，也凸显出她在教育教学上的大智慧。

果硕香自远，2009年8月，《瑞昌报》专版报道《瑞昌五中"优生群"背后的故事》；2009年12月，《江西教育》专题报道《魅力源自智慧》；2010年5月，《浔阳晚报》报道《徐瑞华：心有学生自生情》……多家媒体多角度、全方位报道了徐瑞华老师的教育教学艺术。

"忠诚在左，奉献在右。走在生命的两旁，教育之路鲜花烂漫，一路芬芳。"虽然这条路上鲜花伴荆棘绽放，但她仍初心不改，无怨无悔，用忠诚和奉献去收获教育事业的一路芬芳！

每年教师节，学校里收到贺卡、信件最多的是徐瑞华老师，收到祝福短信最多的也是徐瑞华老师。她的一位已经走上工作岗位的学生在寄来的贺卡中写道："您是良师，引领我一路前行；您是益友，启迪我的人生；您是慈母，永远铭记在我心中！"

第三章　三尺讲台存日月，暗香涌动芬芳远
——记2016年全国五一劳动奖章获得者陈玉梅

"春蚕到死丝方尽，蜡炬成灰泪始干"。人们常常把老师比作"春蚕"，这是对老师无私奉献的高尚品质给予的高度评价和赞美，因为老师就像蜡烛一样，默默地燃烧自己，用自己的光去照亮学生，指引学生前行。

陈玉梅，女，汉族，1978年5月出生于瑞昌市南阳乡，1999年毕业于九江师专，2001年取得华东师范大学公共事业管理本科文凭。

陈老师先后在肇陈中学、范镇中学、瑞昌市第四中学任教，现为瑞昌市第七中学英语教师。自任教以来，她工作兢兢业业、任劳任怨，把全部身心倾注在教育教学事业上。她一直勇挑班主任重任，工作认真负责，关心学生的健康成长，关注和帮助生活困难、学习困难的学生。她刻苦钻研，精益求精，不断提高教学水平，所教的班级成绩一直名列年级前茅，所辅导的学生在全国、省、市各级各类比赛中屡屡获奖，其本人也多次在各级教学业务比赛中获奖。所撰写论文《初中语文教学中培养学生学习兴趣的分析》发表于《现代教育科学（中学老师）》杂志。

陈老师先后被评为瑞昌市优秀教师、优秀共青团干部，九江市五一巾帼标兵、九江市劳动模范、江西省先进工作者。2014年4月，荣获

⊙ 全国五一劳动奖章获得者陈玉梅

江西省五一劳动奖章；2016 年 4 月，荣获全国五一劳动奖章，并受到中华全国总工会的表彰。

　　坚守三尺讲台，陈玉梅默默耕耘了 23 年，用自己的青春和智慧谱写了一篇篇精彩的乐章。在孩子们看来，陈玉梅身上蕴含着梅的风格和品质，孩子们敬她、爱她，亲切地称她为"老班""Miss Chen"或"玉梅姐"。"一树寒梅白玉条，暗香涌动芬芳远"，这首吟诵梅花的诗句，用来形容一丝不苟、诲人不倦、德才兼备、爱岗敬业的她，再贴切不过。

从小立志当老师

　　晚霞温柔，晚风醉人，暮色像一张灰色的网，悄悄地撒落下来，笼罩了整个大地。斜阳外，寒鸦数点，流水绕山村，倦鸟归林，行人渐少。瑞昌县南阳乡排砂大屋陈村的上空飘来一阵二胡声，婉转、悠扬。

"来，跟我读，'远看山有色，近听水无声。春去花还在，人来鸟不惊。'"二胡声中夹杂着稚嫩的童音和木棍轻敲木板的声音。走近一看，原来是一位六岁左右的小女孩在学老师上课呢。小姑娘扎着一对羊角辫儿，衣着整洁，长得眉清目秀，大眼睛里透着机灵。她一只手拿着书，一只手拿着小木棍指着一块木板，在扮演老师的角色，几个比她大一点的男孩坐在凳子上认真地听着，扮演学生的角色。拉二胡的是女孩的父亲陈颂国。

"颂国哥，瞧这模样，你家这丫头长大了要当先生哩！"收工回家的邻居们路过这家时笑着说。

"小孩子，怎么高兴就怎么玩，真要是做得到老师呀，那是祖坟冒青烟了哦。"父亲把二胡往旁边桌子上一放，"玉梅，饿了吧，我们看看妈妈弄好了饭没有，准备吃饭去。"小姑娘脆脆地说："好，那我就喊下课了啊。"

邻居们摇摇头，说："瞧瞧这一家人呀，把个丫头宠成什么样子了。六岁的娃，别人家的孩子都会做饭了哩，他们也不教她干点活儿，长大了谁敢娶她呀。"

陈颂国却不这么想。以前家里穷，他虽然只读过几年书，但写得一手好字，打得一手好算盘，还拉得一手好二胡。他坚信只有多读书才会有见识、有出路、有前途。和村里其他妇女不同，陈玉梅的妈妈是在城里上过学的，认得很多字，也明白读书的重要性。二十世纪八十年代的农村孩子虽然大多是放养的，却很懂事，除了玩水、盘泥巴外，还会帮大人干打猪草、砍柴、挑水、做饭等活儿。陈玉梅的妈妈却一有空闲就教孩子认认字，让孩子们看看书，所以他们家的孩子都不野。

陈玉梅家兄妹五个，她排行第五，上面有四个哥哥，她最佩服的是三哥，三哥从小就爱读书，有志向，学习成绩在班上一直名列前茅，是最让父母省心的孩子。果然，三哥高中毕业，如愿考上了华东政法大学，成了家里弟弟妹妹和村里孩子们学习的榜样。

时光如白驹过隙，日子总是在不经意间悄然滑过，有三哥的帮助和指引，陈玉梅的书读得更有劲儿了。转眼又是一年高考季，估过分后就要填写志愿了。"江西师大""赣南师范学院""九江师专"，家里人看了陈玉梅填的三个志愿都乐了，这丫头是铁了心要当一名老师呀，还真是一直未忘初心啊！

等待的日子总觉得有点漫长。通知书来啦！拿到九江师专的录取通知书时，全家人高兴极了，村主任也跑来道贺，说"玉梅，你可是咱们村第一个女大学生啊！谁说女子不如男啊，我们要改掉重男轻女的旧观念。现在日子好过了，要让女娃也多读读书！"

鸟贵有翼，人贵有志。人若立志，万夫莫敌。大学时光在紧张而又忙碌中飞快地度过。1999 年，陈玉梅从九江师专毕业，被分配到瑞昌市肇陈中学任教，她终于站在三尺讲台上，成为一名光荣的人民教师了。

幽幽梅花吐芬芳

明月清风，一枕孤灯，炎阳酷暑，风雪寒冬，辛勤耕耘，方塘繁花似锦，桃李芬芳满园。

在瑞昌市偏远贫穷的山区学校肇陈中学，长相甜美、秀丽大方，时常穿一袭漂亮小花裙的陈玉梅老师深受孩子们的尊敬和喜爱。山里的田地不多，好多劳力外出打工，因此，好多山里娃就成了留守儿童，陈玉梅老师不仅要完成繁重的教学任务，还要承担起母亲般的职责。

9 月开学，冬天转眼就到了，山上的温度明显比山下低好几度。刚入冬，陈玉梅老师发现文静瘦弱的王峰穿得很单薄，上课时冻得直打哆嗦，这么小的孩子也知道要风度不要温度吗？陈玉梅悄悄地想着。因为那时初中孩子大多是住校生，陈玉梅想着他宿舍里肯定还有其他衣物，担心孩子冻感冒，于是就停止讲课，让他赶紧去宿舍加件衣服，穿暖和些。王峰却迟迟没有离开座位。旁边同学小声告诉陈老师，王峰是个孤儿，与爷爷相依为命，家里很穷，根本就没有几件衣服。陈玉梅一听，连忙脱下自己的棉袄披在王峰的身上。下了课，她赶紧去镇上买来棉衣棉裤给王峰穿上。从那以后，陈玉梅还经常不露声色、时不时地给王峰买些文具和生活用品，只要自己在宿舍里煮了好吃的，也一定会把王峰叫来一起吃。久而久之，孩子的脸儿圆润了，笑容也多了起来。

到了初三，学习更紧张了，孩子们都在学校住读，任初三年级班主任的陈老师每天披着晨露出门，戴着星月回宿舍，和学生吃住在一起。中午，学生休息时，她也趴在讲台上陪着学生一起午休。晚上，为了防止蚊虫叮咬，她总是提前在学生宿舍点好蚊香。初三的孩子说大不大，说小不小，晚上也有蹬被子的，等学生们入睡后，陈玉梅总要前去查看一下，帮孩子们把被子盖上，把窗户关一关。遇到刮风打雷的恶劣天气，她还会留宿在宿舍，陪伴那些胆小的女生。学生们说："陈老师，你不像是我们的老师，像我们的'贴身保姆'，比我们的爸爸妈妈都要细心。"

陈玉梅用润物无声的关爱，让封闭孤僻的孩子们渐渐变得开朗起来，她教孩子们知识、教孩子们生活常识、教孩子们做人，用羸弱的肩膀撑起农村孩子的明天，也为乡村教育做出了贡献。

春风化雨育桃李

日出日落，寒来暑往。在执教道路上，陈玉梅播撒知识的芬芳，浇灌智慧的琼浆，开辟成长的乐土，引领青春的启航，用自己的青春和热血浇注着一个个年少的灵魂。

因为工作原因，陈玉梅老师于2008年8月调到瑞昌市城东学校任教。城东学校创办于2006年，是瑞昌市2005年11月26日地震后新建的一所九年一贯制学校。

刚进城东学校的陈玉梅老师担任初一年级班主任工作，班上有个名叫郑豪的学生，成绩挺不错的，陈老师挺喜欢这孩子的。可是，青春期的孩子说变就变了，学期才过半，这孩子不知咋的就迷上网络游戏了，整天一副昏昏欲睡的模样，家庭作业总是交不上来，有时交上来也是错误连篇。

"老师，小豪今天又不肯去上课了。你帮忙劝劝吧，我们怎么说都不管用。"可怜天下父母心啊。陈玉梅不知这是第几次接到郑豪妈妈的电话了。

"好的，我会找他谈谈心的，放心，我会处理好的。"陈玉梅安慰郑豪的妈妈。谈心有用吗？挂了电话后，陈玉梅想，明显不管用，因为已经谈过很多次了，孩子没有一丝改变。

陈玉梅这次没有把郑豪叫到办公室，而是去到他家，也没有跟他讲大道理，也没有教训他，只是问他有哪些爱好，周末一般会玩些什么，并且约好周末和他一起玩。

郑豪以为陈老师只是说说而已，因为老师也有自己的家庭，也有自己的孩子，而且，平时上班那么累，周末谁不想歇歇呀？

"小豪，下来，我在你小区门口，我们一起去打球吧。"听到陈老师的声音，郑豪大吃一惊，他没想到老师真的会来约他打球。于是赶紧换衣服下来。接下来，每逢周末，陈老师都会抽时间约一下郑豪，陪他打球、聊天、看电影，有时因为雨天打不了球，两人就在陈老师家或郑豪家一起看动画片。

真心换真情，功夫不负有心人，郑豪终于鼓起勇气对陈玉梅说："老师，我知道我自己错了，我以后不会再去网吧了，您周末就陪陪自己的孩子吧，放心，我不会再犯了，我保证！"陈玉梅欣慰地说："我就知道我很快就能等到这一天的，谁的青春不曾迷茫过呢？只要能及时改正，依然是未来可期，我看好你！"中考，郑豪以七百一十二分的成绩被瑞昌一中录取。收到一中录取通知书的那一刻，郑豪的妈妈喜极而泣："孩子，要不是陈老师，哪有你的今天啊。高中三年，希望你不要辜负陈老师和我们的期望。"三年后，郑豪果然不负众望，考上了心仪的大学，他的理想是毕业后当一名像陈老师那样的老师。

看绿意盎然，瞧春色满园，望白云悠悠。三尺讲台存日月，桃李芬芳香满园。

这雨，都下了一周了，还没有停的意思，不过，今天是星期五，明天不用上学了。和往常一样，陈玉梅老师看着学生一个个走出校门，她关好办公室的门，把一沓还未改好的试卷放进包里准备带回家。刚走出校门，手机突然响了起来。"是刘威的妈妈吗？你家孩子不小心掉下水道去了，好像受伤挺严重的，你赶紧过来，带到医院去看看吧。"是个陌生的声音。乍一听，陈玉梅以为是别人打错了电话。"老师，是我。"电话那边传来刘威痛苦的声音。不对劲，陈玉梅赶紧问清楚了位置，骑着自行车冒雨赶到出事地点。原来这几天的大雨把下水道的窨井盖冲走了，放学回家的刘威不小心掉进下水道里，他两只手上还流着血，痛得龇牙咧嘴的，几次想抬起手臂，都没抬起来，应该是骨折了。还好被路人发现及时救上来了，否则后果不堪设想。好心路人问他家长电话，他知道父母都在外地，不可能马上赶回家，又怕年迈多病的爷爷奶奶担心，支支吾吾不肯说，禁不住路人再三盘问，就把陈老师的手机号码报了出来。

陈玉梅把受伤的刘威扶上自行车，推着他送到医院，挂号，拿药，并联系上他爷爷奶奶，说刘威受了点轻伤，要在医院住几天，不能按时回家。免得老人家担心。因为没有家人陪护，陈玉梅就说："正好是周末，这两天就由我来照看吧。"等一切安顿下来，她发现天都黑了，赶紧打电话跟丈夫说今天不能回家了，要在医院照顾学生。周末，陈玉梅就在医院待了下来。等刘威的妈妈从外地赶回来，医生和护士们才知道这两天在旁边没日没夜照顾孩子的竟然是老师。陈玉梅一身疲惫地回到家时，丈夫心疼地说："自己啥身体不知道呀，还这样不知日夜地忙，也不知道歇一下，也不知道照顾好自己。"

教师的苦乐年华

严冬时节，北风萧萧，梅花一枝独秀，妩媚脱俗。俏也不争春，只把春来报。不会因为没有彩蝶的盘绕而失落，也不会因为没有蜜蜂的追随而沮丧。无畏、无私、无怨、无悔地绽放于风雪之中，给人们带来美的享受，给人们带来春的气息。

因为长期伏案备课和批改作业，陈玉梅患上了严重的颈椎病，颈部经常酸痛难忍，用手揉一揉，还会"嘎巴"作响。因为经常未能按时吃饭，她还患上了慢性胃炎，发作时疼得腰都直不起来。可是，陈玉梅从未因此请过半天假，常常是用热水袋暖一下，或者自己买点药吃，稍微缓解一下，就又站在了讲台上。在她看来，孩子们的学习比自己的身体更重要。

2021年下学期，正准备休息的陈玉梅突然觉得一阵牙疼，接着整

⊙ 陈玉梅在工作

个头部好像有钢针在刺扎，本以为睡一觉就会好的，可是一挨枕头，头更痛了，她在床上辗转反侧，彻夜未眠。第二天早上，丈夫心疼地说："玉梅，今天请个假，我带你去医院看看吧。""没事，牙疼不是病，请什么假。"她一边刷牙一边回答，顺手把改好的试卷放进包里，上班去了。当她像往常一样出现在教室里时，学生却很快就发现陈老师和平时不一样，一向美美的她腮帮子肿着，眼睛也有点肿，还有黑眼圈，说话像是卷着大舌头，吐字也没有平时清晰。学生们感到很奇怪，"老师昨晚准是又熬夜了。""老师是不是生病了？"孩子们正想着，突然，陈玉梅身子一晃，豆大的汗珠从额头掉落下来，脸色惨白，她本能地用手撑着讲台，但是身子却不受控制地往下溜，一阵头晕目眩，她想继续讲课，却讲不出话来。坐在第一排的孩子发现不对，赶紧把老师扶起来，搬个凳子让老师坐下来，劝她赶紧歇一歇，不要讲课了，去办公室休息。渐渐缓过神来的陈玉梅却摆摆手说："头晕而已，没那么娇气，这不是没倒下吗？把这节课的内容讲完了再去休息，没事儿的。"孩子们眼含热泪，听得比任何时候都要认真，教室里除了陈玉梅虚弱的、轻轻的讲解声，显得异常安静。

随着时代的发展，生活节奏越来越快，很多家长在忙碌的生活中渐渐疏忽了和孩子的情感交流，关系越来越紧张。家长和孩子的关系成了教育界研究的新课题，也成了教师必须直面的课题。

任教这么多年，陈玉梅一直担任班主任，一直忙碌着。丈夫说："玉梅，我从来都不反对你对你的学生好，但是，你能不能也管管自家的孩子呀。"陈玉梅这才发现，自家的孩子长这么大了，自己和孩子相处的时间却太少了。于是，心怀歉疚的陈玉梅提议：这个国庆节，全家人一起出去旅行，以弥补自己对孩子和家人的愧疚。一切按计划进行着，正当全家人准备上火车，向快乐出发时，陈玉梅的手机突然响了起来，她接完电话，脸色一变，立刻把儿子往丈夫怀里一塞，说："有个女生在家闹情绪，说要跳楼，她妈妈打来电话了，估计是大人控制不住场面才来求助我的，我要赶紧过去，咱们下次再去旅行吧，这次你先带着孩子去玩玩。"说完急匆匆下车往学生家里赶。孩子一听说妈妈临时变卦不和自己一起去玩了，立刻大哭起来，听到儿子撕心裂肺的哭声，陈玉梅硬起心肠没有回头，只是把自己的眼泪擦了擦。

陈玉梅刚进小区，就听到一阵哭闹声，原来是学生杜双双和妈妈闹矛盾，威胁着要跳楼呢。看到陈老师过来，双双委屈地从窗台上扑到陈老师怀里，大家悬着的心总算放了下来。陈玉梅拉着双双和妈妈的手在沙发上坐下来，问清了事情的原委。原来，双双的妈妈自从离婚后，就一直对双双抱有很大的期望，孩子和同学玩一会儿，她都认为是耽误学习时间，管得严、管得紧、管得女儿喘不过气来，导致母女关系一直不大好。陈玉梅耐心地和这对母女沟通，渐渐地，母女两人都意识到各自的不对，平复了情绪，互相原谅了对方。从那以后，陈老师还经常关注母女俩的动态，并跟双双的妈妈保持着密切联系，后来，还和这对母女处成了朋友。一个学期下来，这对积怨已久、互相仇视的母女成了亲密无间、无话不说的密友，家里又充满了欢乐。

三尺讲台，一生情愫，埋头苦干，勇往直前。放学路上和家长促膝长谈，半夜被家长的电话惊醒，这都是陈玉梅的家常便饭。如今，网络为家校交流提供了便捷的渠道，也意味着教师可以随时被打扰：重组家庭的孩子不接受后爸，大宝抗拒妈妈生二胎，留守家庭的祖孙隔代教育问题，等等，各种各样的问题家长们都喜欢找陈玉梅倾诉。在夜间、周末或者节假日，陈老师总会认真地倾听，耐心地为其拨开迷雾，在家校之间架起共育的桥梁。

虽然牺牲了无数的休息时间，可是看到经过自己的沟通和调解，叛逆的孩子逐渐接受后爸了、妈妈带着大宝抱着小宝开开心心来看自己了、白发的奶奶夸奖忤逆的孙子懂事了……陈老师心里满满的都是欣慰。

暗香涌动芬芳远

"一滴水只有放进大海里才永远不会干涸，一个人只有把自己和集体事业融合在一起的时候才最有力量。"陈玉梅老师最信奉的就是这句格言。

每次开学分班时，别人都不愿带的差班，她主动挑起重担；学校课程不好安排时，她主动承担起多个班级的教学任务。每年她的教学工作量都是最多的。课时多，压力大，多年来，她一直担任工作复杂而辛苦的班主任，同时还先后兼任过年级组长、校团委书记等职务，各个岗位、各项工作都干得有声有色。课外休息时间，她还当上了志愿者，在十字路口协助交通管理，风雨无阻。

没有惊天动地的壮举，没有可歌可泣的事迹，陈玉梅用一点一滴的爱，诠释着教师的神圣与伟大。像红烛，发光发热；似粉笔，挥洒奉献；

⊙ 陈玉梅（右一）参加全国"五一劳动奖章"表彰大会

如大树，遮风挡雨。不畏严寒，傲霜斗雪。冰雪林中着此身，不同桃李混芳尘。忽然一夜清香发，散作乾坤万里春。

陈玉梅在自己的教学笔记中写道：看雄鹰搏击蓝天，看幼苗茁壮成长，是多么自豪和开怀的事！

暗香涌动，芬芳溢远，这些年来，陈玉梅用自己的智慧、情感和品性默默影响着孩子们，以德立身，以身立教。

第四章 品质的保证，就是做好每一个零件
——记 2015 年江西省劳动模范陈斌辉

"技术牛""爱钻研""兢兢业业"这些形容词，都是身边同事对陈斌辉的评价。从一名普通技术员到技术科组长，到如今成为公司技术部部长，自 1993 年加入瑞昌市人民冲压有限公司，工作二十多年来，陈斌辉由意气风发的小伙子，成为技术精湛、获奖颇多的技术师，靠的是持之以恒的学习、不厌其烦的思考和日积月累的沉淀。岗位不断在调整，但他务实创新的理念与行动从未改变。作为公司技术部的管理者和技改工作带头人，他勤勤恳恳、兢兢业业，不断优化工艺技术，获得社会肯定。

初出茅庐 刻苦钻研

陈斌辉，福建省莆田市仙游县榜头镇人，1970 年出生，1993 年，二十岁出头的陈斌辉进入瑞昌人民机械厂劳动服务公司技术组工作。陈斌辉外表温文尔雅，言语不多，但他身上有一股韧劲，敢于啃"硬骨头"，并且"啃"出了成绩。

车间的日常，就是同机器零件打交道，对着一些庞大的器械敲敲打打，偌大的车间永远只有乒乒乓乓的声音，听起来有点刺耳。一天下来，

陈斌辉甚至出现了耳鸣现象。这对于初入社会的他来讲极为不适应。但，万事开头难，没有任何怨言，工作只有自己去主动适应，而不是选择逃避。没多久，陈斌辉跟车间两位师傅学习零件设计和夹具活儿，一大堆零件堆在那里，在外人看来，无异于一堆废铁，于他来讲，更是无从下手。

年轻的陈斌辉，内心深处有一股不服输的倔劲。白天，他跟在师傅身后形影不离，对师傅上手的每个细节动作、程序都牢牢记在心里，不懂的地方，现场虚心向师傅求教；对于不熟悉的专业名词，他拿笔记在本子上，利用下班时间翻阅书籍恶补。笨鸟先飞，他深知这个道理。

人民机械厂属于国防军工企业，随着国际形势的变化和我国市场经济体制的建立，企业在军转民大潮中几经坎坷，步履艰难。2000年底，企业整体改制，职工身份置换，集体下岗。当时，许多职工拿着补偿金，流下了伤心的眼泪："当了几十年的主人，就要离开熟悉的岗位，脱离赖以生存的企业，后面的路怎么走啊？"许多职工一时不知所措，一片茫然。陈斌辉作为其中一员，也是手足无措。好在公司上层积极争取，原冲压件厂的六十三名下岗职工说干就干，每人入股三万元，组建起瑞昌市人民冲压有限公司，生产汽车配件。几乎一度中断了的与江铃公司的合作伙伴关系，在大家的努力下又恢复了正常，前后花了三年时间又与庆铃公司建立了新的合作伙伴关系。

通过一年多的努力，边生产边学习，公司建立起了整套的质量管理体系，提出了"科学管理，精心制造，为顾客提供满意的产品和服务"的质量方针，制定了"产品一次性检验合格率96%以上，出厂合格率100%，顾客满意率98%以上，严重投诉为0"的质量目标。公司也于2002年获得QS-9000和ISO9001质量体系认证，2005年获得了汽车行业ISO/TS16949认证，企业的知名度在逐渐提高，公司的产品也逐步为市场所接受。当年江铃公司来瑞昌市人民冲压有限公司进行第二方审核，公司产品通过审核，得到顾客认可，在江铃直接免检上线。从此，公司产品订单逐渐增多，企业效益直线向上，职工收入有了明显的提高。

⊙ 瑞昌市劳动竞赛创新能手陈斌辉

公司的这一段际遇，给了陈斌辉很大的触动，他明白，只有一技傍身，出门在外才可以不为吃饭的事发愁。面对改头换面的公司，他下定决心，要将技术扎扎实实学到手。此后，车间里到处闪现着他忙碌的身影。哪个工位机器卡壳了，他第一时间跑上前捣鼓一番；谁需要个什么零件，他立即前往仓库领取；新来的庞大物件，他蹲在一旁，看老师傅安装操作……常常一手油污的他，脑子里时刻关注的是零件，永远是零件。

多年的一线实战让他积累了丰富的经验，他不但练就了设计复杂零件等扎实功底，对产品的装配调试样样精通，甚至能帮一些经验不足的年轻设计师解决产品设计加工及故障排查中出现的疑难杂症。爱琢磨，善思考，手里攥着"金刚钻"的他，是生产一线的一块宝，多年养成的这种肯吃苦、爱钻研精神，也让他在技术攻关的道路上一路披荆斩棘。公司研制的产品从最初的电表壳，到如今的车辆保险杠、大梁支架，一步一步在不断增多。2008 年，东南亚经济危机，市场形势很不景气，公司面临很大的市场竞争压力，公司积极采取措施降低生产成本，陈斌辉在原材料利用率、工艺、产品包装上提出多种改进方案，譬如改进产品包装方案，单单用小纸箱代替厚纸箱，不仅没有影响产品质量，而且为公司节省了数万元成本。

细细回想起来，二十余年的工作经历，陈斌辉先后参与和主导了公司三百余件新产品的开发研制工作。

毫无保留　培育新人

凭着谦虚好学的精神和扎实肯干的性格，陈斌辉很快升级为技术科组长。"升级"后的他，与此前并无任何不同，每天上班，他都习惯带着扳手、本子或是螺丝刀之类物件，去车间这里敲敲，那里弄弄。碰到新引进的设备，他总是要第一时间上手摸索一番。

公司改制之初，技术部只有陈斌辉与另外一名科员，眼看公司势头蒸蒸日上，陈斌辉担心技术部人才不足会影响公司长远发展。而随着时间的积累，他发现身边的年轻人和自己一样，刚刚入职的时候总是找不到入门的好路子，总会走一些弯路，给紧张的装配调试工作带来一些小麻烦。他开始琢磨如何将自己多年的经验传授给身边的年轻人。"一个人的技术再好，做出的贡献也有限。只有让更多的年轻人成长为技术高手，才能更好地服务企业发展"，陈斌辉想着。经过一番思索，他主动向公司提出起用年轻大学生、新员工，发挥他们的知识和干劲，为公司培养了一批生产技术骨干。

最初，陈斌辉通过不定期开展技能交流活动，结合讲座和实际演示等方式，认真履行"传、帮、带"责任，积极主动把零部件加工、总装、调试及大型外场试验中得到的经验和解决问题的方法毫无保留地传授给刚入职的年轻同事，加快团队年轻人的成长。看到徒弟们的成长道路并非一帆风顺，陈斌辉又开展老一代企业家"上门送学"服务，到青年员工的工作现场去，观看他们操作机械流程，并就现场遇到的问题及时予以指导。与此同时，他还开展青年干部"上门取经"活动，调派年轻人到老师傅身边，实地参观、蹲点学习、挂职锻炼，学习创新、开拓、诚信、实干等企业家精神，并举办"导师帮带"专题座谈会，每期由两名导师提出专题议题，青年职工根据议题参与研讨，全方位提升年轻人的管理经验和能力素质。

那几年，公司新进了一批年轻的技术员，他毫无保留地将自己的经验和技能传授给他们，帮助他们快速成长。作为公司技术部部长，他十分关心要求进步的同志，经常找他们谈话，了解工作学习情况，指导学习内容，进行认真考评，帮助他们尽快融入公司。多年来，公司技术部人员流失率为零，那些外地外省的大学生都已经在瑞昌买房成家，把瑞昌把公司当成自己的家，他们都说自己很幸运，入门时有了一个好师傅好领导。陈斌辉的人格魅力留住了这些技术人才。在他的帮助和带领下，这些年轻人逐步成为骨干人才。正是在他和大家的共同努力下，公司逐年不断发展壮大。

如今，瑞昌市人民冲压有限公司拥有职工一百六十人，技术和质量管理人员十六人，其中高级职称三人，中级职称八人。

勤恳敬业　力求突破

经过陈斌辉等技术人才的努力，瑞昌市人民冲压有限公司已形成完整的板料冲压生产线，拥有设计、制造各类模具的生产能力。公司生产的各类高质量的汽车冲压零部件，除了供应主机厂江铃集团汽车股份有限公司外，还供应重庆五十铃、宝沃汽车、东风轻型发动机、北汽福田、江淮汽车、长春一汽等国内知名企业。公司获得主要配套厂江铃汽车、江淮汽车"A级供应商"称号，在国内汽车配件市场占有一定的份额。优质的产品和周到的服务，赢得了主机厂和广大客户的普遍认可和赞誉。

为加强管理，满足市场和顾客不断增长的对产品质量的要求，公司特别重视质量管理工作，不断增强企业的质量保证能力。公司2015年升级获得了IATF16949认证，2008年取得了ISO14001环境体系认证，该管理体系覆盖了公司汽车冲压零部件系列产品的生产、安装和服务全过程的质量控制要求。
2021年，公司销售收
入八千万元，上缴税收
四百余万元。

　　如今，从工艺编排
到造型设计再到工程设
计中的计算机辅助工
程，瑞昌市人民冲压公
司技术力量精干完备，
工作推进有条不紊。近
年来，在陈斌辉的率先
垂范下，部门员工以"等
不起的紧迫感、慢不得
的危机感、坐不住的责
任感"不断警醒自己，
忘我工作，团队一直保

⊙ 陈斌辉在车间操作仪器

持着敢于拼搏、不怕吃苦、乐于奉献的精神风貌，工作积极性和主观能
动性进一步增强，在工艺技改和节能降耗上做了大量卓有成效的探索实
践，为公司产品竞争力的提升和产品利润空间的提高作出了突出贡献。

　　多年来，陈斌辉也因专业技能突出、工作表现优异，多次被公司评
为技术标兵、先进个人，并获评全市2013年劳动竞赛创新能手，2014
年"工业过千亿"优秀个人。面对这些荣誉，陈斌辉戒骄戒躁，他说：
"发展无止境，创新无止境，我们还要继续努力。"

　　创新的路上永不止步。这些年，公司不断涌入年轻力量，一些新的
零部件和机器也在持续往公司输送，经过加工再运送出去，陈斌辉并未
就此"啃老"，而是不断学习新的技术，不断用知识充实自己的头脑。
为了掌握更多的设备操作技能，他先后自学了数种模具制作的操作方法，

研读了各类工艺设计的资料，成为一名爱啃书本的一线工人。他对汽车覆盖件模具的各方面程序了如指掌，对于企业交给他的各项任务，都能百分之百地完成。

"这些机器抢了我原来的工作，那我就要学会控制这些机器。"闲暇之余，陈斌辉开始泡图书馆，给自己充电，他的书桌上多了几本关于自动化控制的书，"逆水行舟，不进则退，跟上新时代，老师傅也得学新技术。"年近半百的陈斌辉，开始了新的起跑。

第五章　青春在岗位上闪闪发光
——记 2020 年全国抗击新冠肺炎疫情先进个人吴智丽

　　谁能想得到，一个集瑞昌市三八红旗手、九江市道德模范、江西省青年岗位能手、全国抗击新冠肺炎疫情先进个人等多项荣誉于一身的人，竟是一个正值桃李年华的女子，获得这些荣誉的时候，她才刚过二十岁。

学生时代

　　吴智丽，女，1999 年 10 月 10 日出生于瑞昌市洪一乡吴家村。家中五口人，她是长姐，还有一个弟弟与一个妹妹。父母一直在北京务工。她的小学时代，跟随父母在北京求学。小时候的她，体质太差，容易生病，父亲就带她去北京儿童医院治疗。那时候的她，就想长大后也

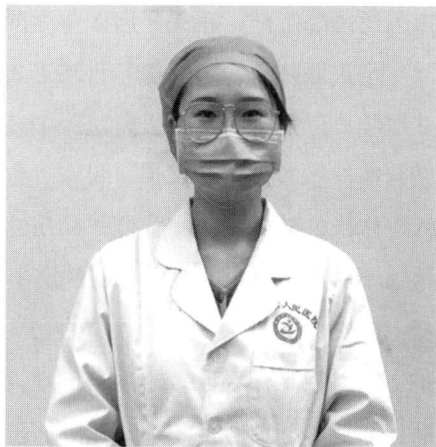

⊙ 全国抗击新冠肺炎疫情先进个人吴智丽

能成为一名白衣天使,帮助小朋友们减少病痛,从此,从医的种子在她年幼的心灵深处发了芽。

因为户口问题,吴智丽在小学六年级的时候从北京转回瑞昌市桂林学校读书。初中三年,她就读于城东学校,高中进入瑞昌二中。父亲觉得她成绩一般,高考可能考不上好大学,不如去学点专业技术。在父亲的建议下,吴智丽选择了从小就在心中萌芽的护理专业,2013 年,她转学到九江市卫生学校。

卫校学习包括实习共三年时光。2015 年 4 月,吴智丽进入瑞昌市中医院实习。刚开始,她对护理工作充满了期待。每天忙忙碌碌的实习,在每个科室的学习都让她感觉充实。在日复一日地学习中,她更坚定了做好护理工作的决心。但也有一些患者的不理解曾经打击过她,她也曾在无边无际的夜班中迷茫过,但她一直坚守在岗位上。她明白,既然选择了一个行业,就要好好做下去。

白衣天使

2016 年,吴智丽以优异的成绩从九江市卫生学校毕业,进入瑞昌市人民医院工作,正式开启职业生涯的全新一页。

刚进医院时,重症医学科缺乏人手,吴智丽听从医院安排,去了重症医学科。重症医学科,是院区中技术要求高、风险难度大、护理项目杂、精神压力大的"四强"科室,也是医院最苦最累的科室之一。刚步入工作岗位的她,到重症监护病房才发现,以前实习学到的东西在这里远远不够用。她当即就给自己制定了目标:这是重症病房,肩上的担子、身上的责任更重了,从新人"小白"开始,要更加努力学习,积极向老护士们讨教工作经验,不明白的地方,要多问多看多学,用心体会,不断提高自己的业务能力。

据说夜班更能锻炼人,吴智丽便主动要求夜班工作,有时持续大半个月都在值夜班。在夜班工作环境中，她能更快学会对危重患者的抢救方式。那时，最难的工作是给行动不便的患者翻身，体重不到九十斤的她，经常要帮助体重超她两倍的患者翻身，一次抬不起来，两次，两次不行，三次……几次抬不动，患者烦了会情绪激动，而她面对失败，毫不退缩。通过不断地尝试和求教，她创新了为患者翻身的技巧，还总结出经验，在科室

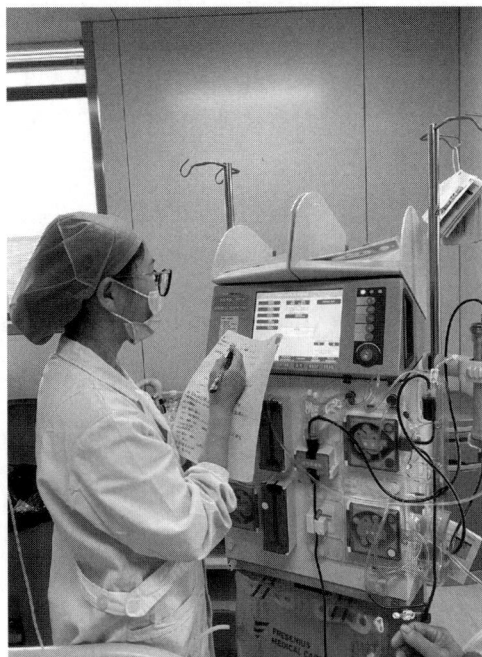

⊙ 吴智丽在认真工作

广泛传教。慢慢地，她成了科室的骨干，为后面进入科室的姐妹们做代教工作，帮助她们更快地适应环境。

随着工作实践的深入，吴智丽逐渐认识到了重症医学科工作的难点和重点——严谨。重症医学科内的护理操作以精密机器为主，且多面对重症患者或术后患者，容错率低，细微失误都可能增加患者的额外痛苦。因此，她把坚持磨砺自身技术作为日常学习的重要内容。工作中，她主动学习，虚心求教，熟练掌握监护仪、呼吸机、微量泵等仪器的使用，夯实基础，不断增强基础护理能力，打针更准，护理操作精确到细节。下班后，她继续学习，让感控、质控操作规范熟记于心，不断充实自身业务水平。通过严格的自我要求，她的技术操作能力不断提升，逐渐成长为科室重要的中坚力量。

重症医学科的工作是安静的，没有与患者的频繁交流，很多问题都需要护理人员主动去观察，去发现。可能一不留心，一条生命就会从眼前流逝，护理人员精神压力很大。为此，吴智丽在工作之余，还将"爱心"作为工作质量进一步提升的关键。将患者视为亲人，认真细心记录下他们的病情，了解他们的心理和生理变化，做到"身体健康"和"心理健康"两手抓，两手都不放。将工作上的精神压力，转化为对病患亲人般的关怀，用真心的服务，温暖患者的心，让他们能够保持好心情，接受重症监护室的治疗。

2020 年，吴智丽 21 岁。当很多同龄人还沉浸在大学时光里享受青葱岁月，21 岁的她，已成为拥有三年重症病房护理经验的"老手"。时间没能消磨她的工作热情，反而让她在磨砺中成长。21 岁的她，处处以身作则，充当表率，成为刚进入重症监护室新人的榜样，成为凝聚重症监护团队力量的重要支柱。她积极帮助新进科室的护士姐妹，传、帮、带、授，毫不吝啬，让她们能够尽快融入角色，在共同学习、互帮互助中，实现共同成长。面对困难，她总是冲锋在前，面对患者对医护人员的不解，她都会主动担起责任，耐心陪护，细心陪伴，身体力行给科室姐妹做好榜样。

作为瑞昌市人民医院大家庭中的一员，吴智丽积极参与各项志愿服务工作。利用休息时间，她积极参与医院导诊志愿服务，到检验科、导诊台等服务人员紧缺的岗位帮助患者。在医院组织去边远山区的义诊活动中，她也积极报名，到洪一、肇陈、洪下等边远乡镇，为村民进行健康义诊。她用自己的付出，感染并带动周边同事，成为医院组织落实为民服务，提升服务能力建设的重要力量。

支援随州

"2020 年初春突如其来的新冠肺炎疫情，打乱了我们的生活。那个时候我正想着，这么大的危机，肯定也是像 2008 年汶川地震一样，需要好多人支援。如果我们单位有名额的话，那我也要去。1月28日，医院发出了通知：需要两人去湖北支援。看到消息的我立马报了名。经过领导的慎重考虑，我和呼吸科护士长得到批准。2月6日下午5点，我正在和同事做交接班，领导通知我快速回家收拾行李。我就踏上了支援随州的征程。"两年后，面对采访，吴智丽这样轻描淡写地回忆自己远赴荆楚大地支援抗疫的经历。

"在随州工作的四十六个日夜中，我尽心尽力地照顾每一位患者，丝毫不敢懈怠。其间有一位重症奶奶，我们每天悉心照顾她，鼓励她，空闲之余陪伴她聊聊天，让她有信心战胜病魔。在她转出重症室的时候，她对我们竖起了大拇指。还有一位爷爷，在重症监护室住了一个月。家里人实在想念他，给他送来了录音机，我们每天给他播放家里人想念他的录音，但最终爷爷没能回到家……越是经历过这些，越是会对生命产生敬畏之心。"这是吴智丽给我们讲述的真实的两件小事。她全然没讲病毒的可怕，没讲工作的艰辛。然而，经历过这场危机的我们，还是不得不对过去那场"战疫"作如下回顾：

2020年年初，新冠肺炎疫情暴发，武汉危急、湖北危急，全国各地都处于恐慌中。1月28日，江西省组建援助湖北医疗队信息传来，瑞昌市人民医院紧急选拔队员，吴智丽毅然请命，奔赴一线，支援湖北。2月6日，江西省第一批援随医疗队紧急集合，她立刻提起整理好的行装奔赴前线。

到达随州，经过简短的培训，吴智丽进入了随州疫情最严重区域——随州市中心医院文帝院区的重症监护病房，开始了救护工作。没有欢声笑语，没有载歌载舞，有的只是运转不停的机器声和随时会响起的警报器。重症病房是新冠疫情下的"红区"，里面需要救治的都是生命垂危的重症患者，每一项救治工作都要直面被感染的风险。穿着厚实、闷热的防护服，垫着尿不湿，二十四小时轮轴转，一个班次前后需要花三小时消杀，四小时的工作需要反复手消毒几十次，紧绷的防护设备，在脸上留下了长短不一的沟壑，与呼出的热气触碰，疼得人直咬牙。呼吸被口罩阻隔，时间一长，大脑缺氧，更是头疼欲裂。

"随着新冠肺炎患者增多，重症病房人手也面临紧张，但救治不能停，哪怕有一丝希望我们都要抓住！"吴智丽介绍道。为了让更多的患者能够得到及时救治，她和同事们忍受着穿戴防护服工作带来的不适，承受着各种困难，在重症监护病房中不停地奔走。每一次工作，都让防护服内的躯体满是汗水；每一次下班，大家都会累瘫在床上。"说不苦、不累，不怕被传染对我来说有些夸张了，但是对生命的敬重，身为医者的使命和责任，令我必须义无反顾。"

吴智丽是医疗队中年龄最小的队员，年龄没能成为她奋战在前线的阻碍，反而成为她不断鼓励自己，激励自己的动力。她经常以戏谑的方式吐槽自己的状态，用照片、视频，发朋友圈激励身边的人，她充满朝气的状态感染了周边的同事，大家一起苦中作乐，成为直面危难的勇士。2020年2月16日，她向病区的临时党支部提交了入党申请，她希望用自己的逆行，见证成长，见证自己的党性。"疫情并不可怕，只要我们相信党和国家，相信我们自己，坚决与新冠肺炎战斗到底，我们一定会取得最后的胜利！"

随着文帝院区的患者逐渐减少，重症监护病房与龙门院区合并，2月26日，重症监护室医疗队休整期到来，但吴智丽仍希望坚守在病区。"随州医院的老师们都很辛苦，这么久都没休息过，我希望能帮他们多分担些压力。"她和队友们向组织请命，继续投入龙门院区的医疗工作。3月9日，在她们的不断请求下，终于来到龙门院区重症监护室，投入工作。直至3月18日完成医疗任务回归，她共在随州支援奋斗了四十个日夜，累计为二十二名重症患者提供了护理服务。她的工作能力和工作态度，得到了医疗队和院方的高度认可。3月17日，在随州市中心医院文帝院区，她与五名同事火线完成了她们的入党宣誓，光荣地成为一名预备党员。"感谢党组织对我的认可，也感谢随州医院各位老师对我的帮助，赣随同心，风雨同舟，经历风雨，迎接春暖花开，我相信随州的明天一定会更好。"

让大家都想不到的是，此次风险逆行，支援湖北，吴智丽选择的是"先斩后奏"。她说："因为家里宝宝只有一岁零四个月，怕爱人有顾虑，一直没有告诉他们。没想到爱人与父母都十分支持。"

"从宿舍到病房走路只要两分钟，却须提前四十分钟去穿戴防护服。"吴智丽说，穿防护服时，要检查防护服的密闭性，戴 N95 口罩，不能漏气。脱防护服也要特别小心，脱的时候一定要慢。脱完后，要用酒精消毒耳道、鼻腔，用漱口水漱口，然后洗头洗澡，至少三十分钟。整个准备加下班后的消毒时间至少要三个小时。

"我所在的病房全是江西省医疗团队队员，每两人一组，每个小组负责六位病人，病人全部都是气管插管的病人，依靠呼吸机辅助呼吸，身上管道比较多，治疗时要特别小心管道的安全，不能出现任何差错。"吴智丽说，"最痛苦的是穿上防护服呼吸很困难，全身发热，四个小时下来汗流浃背，这期间不喝一口水，不能上厕所，对情绪不稳定的病人，

⊙ 江西省援助随州中心医院重症组医疗队合影留念（第二排左一为吴智丽）

我们会及时进行安抚和心理疏导。"

"为让医护人员全身心投入救治工作，医院后勤保障十分周全。"吴智丽告诉记者，她住的是带卫生间的独立宿舍，新装了热水器，崭新的被子和洗漱用品，热水壶、吹风机、洗衣机一应俱全。得知会降温，医院还专门配发了热水袋。宿管阿姨每天会把热腾腾的饭菜送到门口，知道江西人爱吃辣，还特意准备各种辣酱。危险工作的背面，也有温馨。正如吴智丽所说的那样："赣随同心，风雨同舟，经历风雨，迎接春暖花开。"

面对荣誉

2020 年 9 月 8 日上午，全国抗击新冠肺炎疫情表彰大会在北京人民大会堂隆重举行。大会对全国抗击新冠肺炎疫情的先进个人、先进集体、全国优秀共产党员、全国先进基层党组织进行表彰。来自江西的三十五名个人、十个集体、五名共产党员、四个基层党组织受到表彰。吴智丽就是受表彰的个人之一。

在此之前，2020 年 3 月，为了大力选树抗击新冠肺炎疫情一线优秀女性典型，瑞昌市妇联在选树 2019 年度瑞昌市"三八红旗手（集体）"活动中增加名额，专门授予在抗击新冠肺炎疫情一线做出积极贡献的工作者，吴智丽光荣地当选 2019 年度瑞昌市三八红旗手。

2020 年 4 月，江西省青年岗位能手名单公示，瑞昌市援鄂护士吴智丽入选。

2021 年 9 月，九江市文明委授予全市三十名同志"九江市第七届道德模范"荣誉称号，吴智丽荣获敬业奉献类道德模范。

面对荣誉，吴智丽的回答让人敬佩："获得荣誉是我意料之外的事情，从没想过会获得这么多沉甸甸的荣誉，所有抗疫成果都是医护工作者共同努力取得的，我只是其中幸运的一个，替大家领了奖。这也让我更加明白，我要更加有责任感，我要在工作中默默地做出榜样，带动周边同事，一起为患者提供更优质更安全的医疗服务。要带着荣誉一起发光发热，方能不负这些荣誉。人生目标就是不断完善自身，让更好的自己做更好的事情。"

两年后，当被问及当年逆行援鄂对自己的影响时，吴智丽这样说："回来后在工作中，我越发有耐心和爱心，工作上也变得更加细心了。比之前工作更加沉稳，性子越来越好，不似从前那样急躁。"

所有这一切，用实际行动向世人展现的，用朴素言语向世人描述的，都发生在一个恰逢桃李年华的女子身上。她的这些平凡又不平凡的行与言，都彰显了新时代青年的使命与担当。她是新时代"铁肩膀"作风的最佳诠释者之一。她把自己闪闪发光的青春绽放在工作岗位上，用一颗无悔的敬业奉献之心，感染着身边人，带动着周边人，鼓励着所有坚守着本职工作的每一个人。她用柔弱的身躯、专业的素养、高尚的道德，为时代画像，为时代立传，为时代明德，将"铁肩膀"作风传承下去并发扬光大。

第六章　小小窗口大舞台，优质服务促发展
——记全国巾帼文明岗工作人员黄瑛

　　走进宽敞明亮的瑞昌市政务服务中心三楼大厅，你会看到前来办事的市民络绎不绝，每个服务窗口秩序井然，大厅内几乎没有排长队的现象。在一排排窗口当中，有一个挂满了锦旗的小窗口——瑞昌市市监局政务服务股企业开办窗口，该窗口的工作人员均是女同志，平均年龄41岁，黄瑛是窗口负责人。

　　黄瑛，出生于1969年11月，瑞昌市黄金乡下巢湖村人，自1988年10月以来，一直在瑞昌市工商局工作，工商局合并为市监局后，任瑞昌市市监局行政许可科科长、政务股股长。2015年11月以来，一直担任市监局驻行政服务中心窗口负责人。她热爱本职工作，牢记初心，砥砺前行，在平凡的工作岗位上任劳任怨、全心奉献。特别是进入政务服务中心工作以来，她始终以业务标杆要求自己，以身作则，带领窗口工作人员在全省首创"企业开办直通车"，率先开启"一窗受理""一链办理"和"只跑一次"等服务，实行"一窗受理、后台流转、并联办理、一次办结"的集成化审批办理模式，将注册登记、公章刻制、银行开户和发票申领四个环节集中到一个窗口，实现了企业开办"只进一扇门、只到一个窗口"和市场主体准入零成本。她和团队中的成员多次被评为

"星级个人"，所在窗口连续多年被瑞昌市政务服务中心管委会评为星级窗口、劳动竞赛文明服务窗口、机关效能建设示范窗口、巾帼示范岗，连续多年被评为十大服务创业先进单位和绩效考核先进单位，2016年被瑞昌市妇联授予"三八红旗集体"称号，2018年被九江市妇联授予"三八红旗集体"称号，2021年被全国妇联授予"巾帼文明岗"称号。

优秀的人带领优秀的团队，以窗口为平台，竭尽全力为创业者服务。2018年瑞昌市市场监督管理局因"深化商事制度改革成效显著、落实事中事后监管等相关政策措施社会反映好"受到国务院办公厅发文表彰鼓励。2018年10月和12月，九江市政府办公厅和江西省政府办公厅分别发文，推广瑞昌"企业开办直通车"改革经验做法。2019年，瑞昌市授予此窗口"巾帼示范岗"称号。2020年，这个窗口共办理各类企业行政审批事项五千六百一十一件，接受各类咨询六千余次，当场办结率达百分之百，群众满意率达百分之百，零延误、零投诉。

贴心"辅导员" 服务在前沿

"同志，今天真是太谢谢你了，我年纪大了，不懂电脑，多亏你们帮忙，才让我这么快就领到了营业执照。"这天，"乡里乡村"家庭农场的余先生拿着营业执照，激动地拉着"辅导员"小李的手对黄瑛说。事情是这样的——

2021年8月26日下午4点左右，瑞昌市横港镇的余先生来到市政务服务中心，对工作人员说要申请一个家庭农场，主要经营蔬菜种植、牲畜养殖、农产品初加工和零售。但是他年纪大了，根本不懂电脑，听说要在电脑上填写资料申请办理，他在大厅里急得团团转。企业开办窗口负责人黄瑛忙完手边的事，一抬头，正好看到这一幕，立即站起身来，给余先生端来一杯水，安抚道："有什么问题您就直接说吧，我们会帮您解决的，不要着急！"了解到余先生是因为不会操作电脑，她立即把工作人员小李喊过来："你就当一下'辅导员'吧，负责教余先生如何进行网上申报。"小李爽快地应了下来，详细地、耐心地询问余先生办理种、养殖家庭农场的需求和经营内容后，全程一对一地辅导、协助余先生进行网上申报，还主动在江西省企业登记网络服务平台教余先生填报信息并且指导他完成电子签名，义务提供帮办代办服务。不到一个小时，余先生就顺利拿到了营业执照。

经一事，长一智。身为窗口负责人的黄瑛心想："新时代，新变化，新发展，电脑操作给大多数人带来了快捷和便利，但是也给少部分不懂电脑的人带来了不便，我们要做创业者和经营者的贴心人，就要不断更新工作方法。"为了提高窗口的服务质量，创业自助服务区专门配备了两名专业"辅导员"，通过专业"辅导员"的指导，办事群众可以少做"填空题"，多做"选择题"，通过网络自助、专业辅导的方式就可在创业自助服务区完成材料申报，有效减少了资料出错率。

有的创业者不清楚如何选择规范的经营范围，"辅导员"会根据他们实际的经营事项，协助他们在平台上搜索到准确的经营表述；有的群众不清楚变更流程及如何选择变更事项，"辅导员"会手把手地教他们，提前为其核查申请的内容，确保企业申请都能"一次过"。有时遇见一些年纪稍大、啥都不大明白的群众，"辅导员"还会向他们详细解释办理具体业务需要哪些材料，哪些材料需要签字，哪些又需要打印存档，一对一进行指导帮扶，或者为他们代办，力争在短时间内高效办理好相关业务。

黄瑛常对身边的工作人员说："尽力做事只能是称职，用心做事才能达到优秀。在平时的工作中，我们要始终以人民满意为出发点，用心做好点滴之事。"

2021年8月的一个上午，九江实力咨询顾问有限公司办事人员来大厅办理法人代表变更手续，到大厅时已经11点多了，但是，原法人代表却因单位临时有事不能到场签字，该企业办事人员这一趟只能是白来。

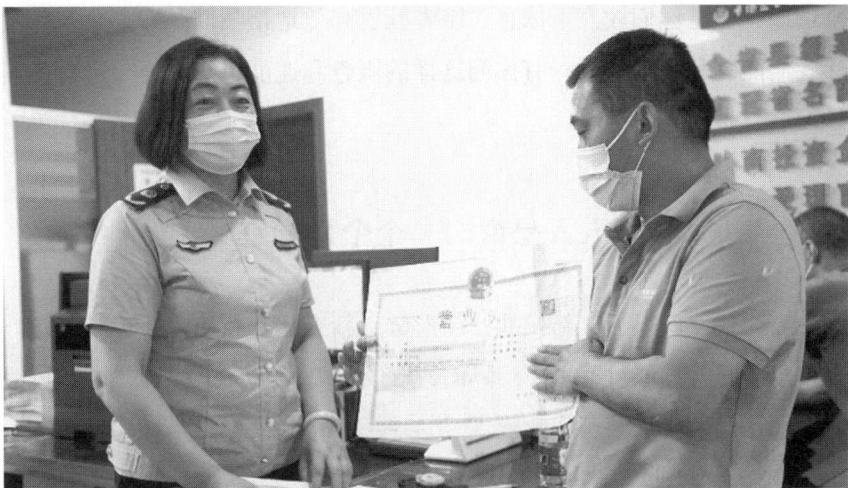

⊙ 黄瑛为企业主快速办理营业执照

忙了一上午，正准备去食堂吃午餐的窗口工作人员看着这位办事人员失望的表情，便将此事告诉了黄瑛，黄瑛立即决定特事特办。为了不让他白跑一趟，黄瑛和同事决定陪他跑一趟，去找原法人代表签字。那是一年当中最热的三伏天，打开车门，一阵热浪袭来，该企业办事人员说："等车上空调吹吹，座位凉下来再去吧。"黄瑛和同事往车上一坐，笑呵呵地说："您也赶时间，我们也要赶时间，不等了，正好可以享受一下暑天'桑拿'呢。"到达目的地，黄瑛和同事冒着室外接近四十度的高温陪着该企业办事人员去原法人代表上班的地方当面签字。签好字，一行人马不停蹄地赶回窗口，大汗淋漓的黄瑛立即给九江实力咨询顾问有限公司办好变更登记手续。事情终于办好了，大家松了一口气，才发现早已错过食堂用餐的时间。该企业办事人员看到这些工作人员为自己一路奔波，连水都没喝上一口，很是过意不去，于是对窗口工作人员说："我请大家一起吃顿便饭吧，花不了几个钱。"黄瑛说："饭是绝对不能吃的，您的满意就是对我们最好的嘉奖。"事后，该公司专程派人前来道谢："是你们放弃了休息，饿着肚子高效地帮我们办好了业务，才让我们能顺利签好合同，有你们这样的服务和速度，我们公司选择在瑞昌发展真是没错。"

人人是窗口　个个是形象

新时代，新机遇，新挑战；新形势，新变化，新使命。三局合并，为市场监督管理局打通了部门隔阂，形成了"大市场、大质量、大监管"的全新格局，提高了工作效能。

2015年11月，单位选派黄瑛担任市监局驻瑞昌市政务服务中心窗口负责人。说实话，黄瑛当初对这份工作有过担心和畏缩，因为她原来习惯了做个听话的兵、做个好帮手，也就是俗话说的习惯了"胳肢窝下过日子"，啥事都不用自己操心。

新的岗位，新的挑战。在新岗位上班几天，黄瑛立即意识到窗口工作专业性太强了，仅凭自己的业务知识储备远远不够。为适应工作岗位，更好地服务企业和群众，她把每项业务工作的办理都当作一次难得的学习机会，把每一次培训都当作交流与提高的机会，向睿智的领导同志学习、向经验丰富的老同志学习、向脑瓜灵活的年轻同志学习，理论和实践相结合，始终以坚持服务企业、群众为己任，把内强素质、外树形象、提高效率、强化服务作为第一要务，不断改进服务手段，创新服务理念。功夫不负有心人，市监局企业开办窗口得到各级领导和办事群众的认可和肯定，次次被中心管委会评为"五星级窗口"，先后被瑞昌市妇联、九江市妇联授予"三八红旗集体"称号。

黄瑛平时是个爱思考、爱琢磨的人，每当遇到有企业因为某些原因办不出执照时，她都会用心地把他们的困难和需求记在小本子上，找原因、查资料，向专家请教、咨询，然后寻求有效的解决方案。本子上记得比较多的问题，是企业开办时间长，提交资料和办理流程太多，企业感到很麻烦。如何将企业开办所提交的资料和办理流程简单化，让企业开办变得更便捷、快速？黄瑛对同事们说："面对企业的现实诉求，我们绝对不能简单地一摊手说'不能办'。作为新时代的服务者，我们要不断转变理念、持续创新！"

2019 年，瑞昌市市监局开始推行新办企业公章刻制政府买单措施，获得企业冠省名立申、立批权，这在全省市县区中也是唯一的。这一项新措施，使瑞昌市的营商环境得到进一步优化。

窗口工作既代表了单位形象，更代表了政府形象，自进驻行政服务中心以来，黄瑛深感责任重大，工作若稍有差错，不仅影响市监局的形象，更会影响瑞昌市政府的形象。

三局合并后，黄瑛所在窗口的业务增加了，任务也加重了，但她和她的团队始终坚持"以人为本、高效便捷"的服务理念，不断完善制度机制，狠抓服务质量，严格依法行政，努力把窗口建成"一次性告知、一条龙服务、即时即办、限时办结"的便民服务平台，树立惠民惠企的良好形象，让小窗口做好大服务。仅 2017 年一年，她们窗口累积办理各类企业行政审批五千一百七十一件，接受各类咨询一千余次，当场办结率达百分之百，群众满意率达百分之百。

工作之余，黄瑛和她的队友们还积极参与社会公益活动，尽自己的绵薄之力，弘扬社会新风尚。她曾组织全局同志参加"春蕾行动"，关心、救助失学女童；曾多次到洪一乡光荣院做义工，看望红军和烈士后代；2016 年 7 月，瑞昌境内连续大雨，河、湖水满为患，赛湖水位更是持续攀升，突破警戒线，防汛形势严峻。瑞昌市市监局的干部职工和全市防汛人员一起日夜坚守在赛湖大堤上，巡堤、守坝、防汛、抗洪。黄瑛和行政许可科成员也加入了志愿服务队，为守坝同事配送快餐、送防暑汤水，鼓励大家全力以赴，积极投身抗洪斗争，展现了行政许可科窗口工作人员的良好形象。

"人人是窗口，个个是形象"，黄瑛和她的队友们在工作中兢兢业业，任劳任怨，始终把奉献放在第一位。

黄瑛年近八旬的老父亲因心衰导致肾衰，每周要做透析三次，三年多来，她因为一心扑在工作上，照顾父亲的日子屈指可数，幸好爱人一直支持她的工作，默默地担负起接送和陪护的责任，在家和医院之间奔波忙碌，每每想起这些，黄瑛内心都觉得无比愧疚。

副科长张红的母亲因为突发车祸，必须住院治疗，她接到电话了解母亲伤情后，立即安排家人去医院陪护，自己却始终坚守在岗位上。

还有半年就要退休的吴冬云大姐，虽然身患严重的颈椎病，但却从未请过一天假，为服务好前来办事的群众、企业，每天她都是提前上班、推迟下班，从未迟到、早退过。

曾辉，下班途中不小心摔了一跤，导致胳膊粉碎性骨折。当她得知因自己受伤，自己的工作需要让伙伴们挑起来时，伤势还未痊愈，就坚持用一只手在岗工作。

黄瑛和她的队友们配合默契，用自己的实际行动，在"小窗口"用真情服务好每一家企业、每一名群众，守护梦想、助力飞翔！

群众利益无小事，正因为如此，黄瑛和她的窗口始终贯穿着"只设路标、不设路障"的工作理念，做到受理注册一纸清，回答问题一口清，手续齐全一趟成；多问不厌，久问不烦，为企业提供了亲情式、人性化的服务，自2015年以来，办件总数达两万余件，未发生一起因服务、廉政等方面因素而引起的投诉，成效得到了主管部门和社会各界的认可。她们用女性特有的坚韧、耐心和细致，迎来如歌岁月，送走无悔青春，是名副其实的"巾帼不让须眉"。她们在平凡的岗位上无私奉献、锐意进取，赢得社会各界的称赞！

创新服务举措　窗口绽放光彩

晨光熹微时，她们已经开启忙碌的一天；带露星辉下，她们还在一路奔忙。做有温度的窗口服务人，做发展经济的热心人。黄瑛负责的这个窗口，在九江地区首创"创业自助服务区"，在江西省首创"便民七个办"，在全国首创并打造了一流的"企业开办直通车"。2018 年 4 月，国务院办公厅通报表扬其商事制度改革成效。

这个瑞昌市市监局企业注册"九人之家"的窗口，目前登记各类型企业八千零四十二户，农民专业合作社五百六十一户，企业投资者一万零二百九十二人，平均一点七四五人投资一家私营企业，雇工人数四万五千九百七十九人，平均每家雇工七点八人，一个投资者吸纳四点四六人就业。"爱岗敬业窗口""文明服务窗口""三八红旗集体"等纷至沓来的荣誉，是他们以公务员的身份，向社会、向群众交出的一份又一份"人民满意"的答卷。

创业自助服务区

为实现行政审批事项全流程一站式网上运行，2017 年 11 月，瑞昌市市监局创新"互联网＋政务服务"模式，在九江地区首创"创业自助服务区"，服务区投资十余万元，共设置六个网络登记自助服务席位，四个人工自助席位，一个电子触摸屏，配备创业专职辅导员两名。创新线上限时办结、线上多渠道服务、线下大力宣传、线下专人指导等"线上""线下"工作模式，全面公示办事信息，公开咨询电话，公布办事流程及常见问题解答，提高政策透明度和群众知晓率，有效破解因信息掌握不全、资料准备不齐导致多头跑、重复跑、盲目跑等问题，实现工商登记由线下向线上线下融合的转变，提升了政务速度和办事效率，进一步优化了瑞昌市营商环境，成为"瑞昌速度"的一张亮丽名片，成功打造出瑞昌服务发展的"金字招牌"。

几年来，该"创业自助服务区"帮助三千八百六十二人创业，带动四千九百五十五人就业，帮助二千五百八十六户企业便捷登记，实现了

"数据多跑路、群众少跑腿"的电子化登记初衷。

便民"七个办"

2015 年以来，瑞昌市市监局把"放管服"工作进一步抓细、抓实，创办了一证一书就能办、一套资料两证办、关联事项并联办、延伸网点就近办、依托平台网上办、信用激励容缺办和个体户注册登记同城通办等便民"七个办"，最大程度保障了"填报审核一体化""一次过"，解决了群众"来回跑、反复填"难题，到网上办"一次不跑"，实现了从注册登记一站办理，服务受理"零推托"，服务方式"零距离"，服务事项"零积压"，服务质量"零投诉"的"四零"服务，近百分之八十的新设企业能够实现百分之百网上办，有力提升了窗口服务效能，架起了政企"连心桥"。

◎ 企业主向黄瑛（左三）赠送锦旗

黄瑛负责的窗口以"利企便民"为出发点，实施"只跑一次""一次不跑"事项清单，采用"前台综合受理、后台分类审批、信息内部流转、统一窗口出件"新模式，为企业成长转型铺路搭桥，帮助市场主体解决了一个又一个难题。

企业开办直通车

2018 年 6 月，瑞昌市市监局在全国首创"企业开办直通车"，将涉及企业注册、公章刻制、银行开户、税务发票申领等企业开办业务"四合一"，群众"只须知道办什么，无须知道怎么办"，把企业开办一天内办完，变成最快只需一百五十分钟。相比国务院、江西省规定的八点五个和五个工作日时限大幅压缩，与世界营商环境第一的新西兰相当。2018 年 10 月和 12 月，九江市政府和江西省政府分别发文推广瑞昌市的"企业开办直通车"经验。

小小窗口大舞台，巾帼英雄竞风流。近年来，黄瑛带领的窗口创新"专事专办、特事特办"工作手段，推出客户"只须知道办什么、无须知道怎么办"代办模式，坚持服务品质亲情化、履职定制个性化、服务企业常态化、服务机制长效化，促进了市场主体数量迅猛上升，吸纳了更多就业，激发了创业活力，助推瑞昌经济发展。

2017 年 4 月，中国原子能科学研究院核物理研究所原党委书记姜山，仅用时四十七分钟就"依托工作人员"走完了整个注册流程，获得江西省第一张民营涉核营业执照。近年来，正浩环保产业集团、光彩集团、天启新材料集团，荣联、爱越、爱魅科技公司等大型企业顺利落户瑞昌，注册资本超过一百亿元人民币。2018 年 1 月 30 日，瑞昌遭受连续降雪，瑞昌市市监局干部冒雪来到距离市区七十多公里的南义镇，为瑞南客运公司带去了企业法定代表人的变更登记材料，十一位股东当场签字申请，避免长距离多人次往返跑，节约了时间。这件事赢得了当地经营户的交口称赞。瑞昌市招商的一家新增企业，欲申请无行政区划企业名称，因涉嫌敏感字眼，不能网上申报，须现场提交。2018年8月20日、8月28日，市监局派干部两赴北京，到国家市场监督管理总局为企业进行零距离服务，协助企业现场办理，并在28日当场获批无行政区划企业名称"中建材新材料有限公司"。这家企业是瑞昌市乃至九江市第一家无行政区划的企业。

2018年4月，由于瑞昌市市监局工作突出，深化商事制度改革成效显著、落实事中事后监管等相关政策措施社会反响好，被国务院督查激励，并获国家市监总局十项激励支持措施。

时光荏苒，春华秋实，瑞昌市市监局政务服务股企业开办窗口以精湛的业务水平和踏实的工作作风，忠诚履职，实干担当。寒来暑往，岁月如歌，这个窗口在黄瑛的带领下，把微笑和温暖送给每一位前来办事的人，用最贴心、最高效、最优质的服务优化营商环境，谱写青春之歌。

第七章 鞋上沾满泥土，心中装满百姓
——记全国"人民满意的公务员"周贲

周贲，男，汉族，1971年12月出生，瑞昌市高丰镇人，中共党员，现任瑞昌市住房和城乡建设局党组书记、局长。1994年12月参加工作，先后在洪下乡、和平乡、南义镇、高丰镇、赛湖农场、市住建局等单位任职。

周贲长期扎根在基层一线，从农技员、司法调解员、副乡长、副书记到单位一把手，虽然职务在不断提升，但是心系百姓的初心从未改变。百姓田里的棉花枝叶受到斜纹夜蛾的大面积侵害，他穿着解放鞋，组织农民统筹时间，配制药水，在棉田喷洒；遇上百姓闹屋基纠纷，他穿着雨靴行走积雪齐膝的十几里山路上门调解；突发地质灾害时，他半夜冒雨挨家挨户组织群众及时撤离；扶贫对象生活拮据，他带头捐资，隔三岔五登门嘘寒问暖；疫情面前，他舍小家为大家，总是出现在一线；任职赛湖农场党委书记期间，他敢为人先，大刀阔斧进行农垦企业改革，成功的经验在全省作为典型事例交流；调任瑞昌市住建局党组书记、局长后，他全力推进城乡一体化建设，全面建设污水治理闭环系统，让城市面貌焕然一新……

他在田埂上打锣，得到特别的赞美

1994 年 12 月 27 日，是周贲参加工作的第一天。头天晚上，老父亲在火炉旁对他不断叮嘱。父亲说："瑞昌周姓的老祖宗唐朝兵部尚书周勍是一位大清官，这是家谱上记载得很清楚的，你要向祖宗学习。你现在吃公家饭了，不要忘记自己是庄稼人出身，不管在哪里做事，一定要实在，不能忘本，在学校学到的知识，要尽量用上，碰到穷苦人有难处，一定要搭把手帮一帮……"

父亲朴实的话语，他默默地铭记在心。

周贲的第一个工作单位是洪下乡农技站。跟他一起毕业的同学，有不少进入了市直机关。他在学校是学生会干部，是班级的团支部书记，他并没有因此在单位分配上得到关照。第一天来到洪下乡农技站，站里只有一个工作人员，也就是老站长。一见面，老站长就对周贲说："我很快要从这个岗位退休了，你做好当站长的准备吧！"

真的只两个月时间，老站长就调到别的单位去了。周贲一个人在农技站既是"领导"，又是"兵"，干起了非常"尴尬"的农技工作。

为什么说"尴尬"呢？本以为考上学校，毕业了参加工作，可以摆脱农事，结果事与愿违，农民出身的他还是天天要与农民，与田地庄稼打交道。去指导农民种庄稼时，常常碰到有些庄稼能手说些气人的话，"你会种庄稼，你就弄几亩田亲自种，收割时，咱们比一比。"当时农技站的工作条件，就一间简易的小两层民房，上级提供的就是一些简易农业器械，喷雾器和做实验的玻璃器皿，加上一些《农村百事通》《农民日报》报刊。

面对种种困难的工作局面，工作不久的周贲没有失望，没有泄气，正如他自己名字的寓意：考虑问题周密细致，然后勇猛地干。

天气开始变得寒冷，马路两边油菜长势喜人，周贲走在田埂上想：洪下乡人均田少，所以田地要综合运用，才会有好收成。这些田地的油菜是在棉花采摘好后赶种的。但是综合套种作物，往往地里的肥力又跟不上，便会导致农作物产量不稳定。

第二年春天，周贲担心的问题发生了。大片油菜出现了根部倒伏，开枝不密的现象。他根据书本上的知识，判断这是缺乏硼元素所致，要赶紧喷洒硼肥。他连忙向乡书记汇报，要求及时召开村干部会议，做通农民的思想工作。当时老百姓嫌化肥贵，只偶尔买点氨肥冲长秧苗，不舍得花钱买比较贵的肥料。周贲为了让大家相信农业科技，自己垫出工资买了七包硼肥，送给每个村一包，告诉大家兑水比例，用喷雾器喷洒。1995 年端午节前，洪下乡的农户收割油菜籽后，惊奇地发现这次油菜籽颗粒更加饱满些，产量提高了百分之十二。

1996 年 6 月 7 日，洪下乡棉花种植区发现了"斜纹夜蛾"虫害，夜蛾在晚上出来吃棉花叶，如不及时消除，非常可怕。周贲马不停蹄前往棉田观察，然后配制杀虫药水喷洒，但是遇到了问题，一块棉田消除了夜蛾，过两天，另一块临近棉田的夜蛾又会跑过来吃棉花叶。怎么办？

⊙ 周贲（左一）在火龙果种植园传播技术

周赍苦苦思考，他想是因为喷洒灭虫的时间不统一，给了害虫逃跑转移的机会。如果大家同一时间在棉田喷洒药水。就可以完全消灭"斜纹夜蛾"。

他想了一个法子，在田埂打锣。"当、当、当——"的声音在棉田传播时，大家同时喷洒科学配置的药水。果然，一个星期后，棉花田恢复了绿油油的一片。

在高路村村委会祝贺当年"七一"时，有一位苏姓老党员说："洪下乡的农技员周赍是我见到的新中国成立以来最好的党员。我一辈子都会记得他在棉花田里打锣，叫大家同一时间打农药，消灭害虫的事。他救了我家两亩多棉花……"

1998年冬天，周赍在洪下乡任司法调解员时，瓜山村邓家两户人家为了地基闹得要打架，他冒着纷纷扬扬的大雪，穿着雨靴，深一脚，浅一脚地行走了十几里山路赶去调解，当两户闹矛盾的人看到浑身湿透、沾满冰雪的周赍时，一下子都感动了，各自退让了一步，多年的纠纷就这样解决了。

儿子出生时，他因为泥石流险情站岗值守

2000年，周赍调任和平乡党委副书记，这个乡处于海拔较高的山区，地势险要，与山脚常年温差有三四度，当地人种起了反季节辣椒、豆角等蔬菜。他一上任，就常常到地里看庄稼生长情况，到百姓家了解经济收益。得知每年辣椒丰收了，但是销路不通，加工干辣椒成本非常高。怎么办？他开动脑筋，找到好几个在省城批发蔬菜的老乡帮助销售，他还促成农户与菜市场经理签订产销合同，很好地解决了盲目生产问题。

和平乡山地因为每年遭受雨水的冲刷，沿公路梯地的地坎经常出现松动裂痕，在野草的遮蔽下，并不容易发现。2002年，瑞昌中片几个乡镇全面修建公路。有大量车辆要绕过南片的和平乡通行，而和平乡所属路段弯弯曲曲，坡度大，安全压力非常大。周赍接受了交通安全监管

任务，他开玩笑说，他现在既是和平乡的副书记，也是和平乡的养路队队长。因为只有把路养好了，才能保证交通安全。

6月底，中小学陆续放假，那几天连续下暴雨，怀孕的妻子正待产，乡下母亲几次打电话，让他请假回去，陪陪妻子，迎接孩子出生。同时，连续暴雨带来的公路南面山坡塌方，时不时阻碍客运车辆通行，更可怕的是，一旦泥石流冲撞了车辆，那就会引发重大交通事故。也因此，他没有回家，继续留在乡里指挥交通。同时，他组织村干部巡逻每个村庄，发现有泥石流隐患的就要及时组织老乡撤离。

一连五天，周贲带领专班干部在两处危险路段设立执勤点，侦查险情，及时排除危情，组织各种车辆有序通过。他坚持全天候值守，困了就在执勤点的行军床上靠一靠。

第五天，天空放晴了，路况稳定下来，和平乡所属路段没有出现一起交通事故，也没有因泥石流造成的人员伤亡。当看到新闻报道暴雨期间某地出现重大交通事故时，他内心深感自己的付出非常值得。就在这时，他接到父亲的电话，儿子已经出生第三天了。事后周贲才知道，儿子出生时羊水不足，胎儿有缺氧的危险，而面对这些，家人也并没有打扰他的工作，只是急忙找做接生员的亲戚帮助解决。周贲眼含热泪，连声感谢妻子和父亲对他工作的支持和理解。

产假期间，妻子来到和平乡政府，帮周贲整理宿舍，清洗衣服，那双沾满黄泥的靴子，两双变成泥色的运动鞋，让妻子洗了大半天。

集镇建设，他走遍了每个家庭，与"钉子户"交上了朋友

南义镇是瑞昌市西南部与武宁县、德安县交界的一个重镇，也可以说是瑞昌的一个"门面"。2006年4月，周贲调任南义镇人大主席，第一个任务就是响应国家建设新农村的号召，抓好南义镇的集镇建设。

在集镇建设所在地王家铺村，历史遗留的集体用地问题错综复杂。

那些没有规划，乱搭乱建的村民建筑，有些办了土地证件，有些没有土地证件，非常混乱。新的规划，从道路交通到房屋秩序，房屋设计，沿河公园，文化活动场地、公厕等，都要统一设计，这样必然涉及大量屋主，很多屋主到镇政府找周贲，有些人不同意拆除，说是祖上留下的家业；有些人狮子大开口，要政府赔钱、多给地基。面对这些激动的群众，周贲总是笑脸相迎，晓之以理，动之以情，那些群众也大多数有说有笑地离开了。

周贲有一个做群众工作的法宝，就是穿着沾满灰土的运动鞋抽时间走遍每一个家庭，一进门就嘘寒问暖，找个凳子坐下来耐心听户主的诉求，然后把集镇建设是打造美好家园的大好机会，上级有资金援助，建设过程中要公开所有资金使用账目，选派群众监督质量等道理和做法耐心告诉每一个户主。有时候也遇到不少性子倔强的"钉子户"，周贲自己先到菜市场买上两斤肉，拎一条鱼，并想法子邀请这个"钉子户"的亲戚一起，到"钉子户"家走走亲戚。几盅农村老谷烧下肚，"钉子户"就被感动了，感到了被尊重，没有想到镇上的人大主席没有一点官架子，愿意诚心与老百姓结亲戚，交朋友，思想也就通了，顺利地同意了搬迁。

王家铺村的集镇建设前后用了两年时间。竣工时，王家铺村民自发组织了欢庆活动，舞狮子，游龙灯，唱采茶戏，热闹了三天。周边武宁县、德安县的群众都赶来观看，人们对新建的集镇赞不绝口，对欢乐幸福的南义镇羡慕不已。

2008年，南义镇集镇建设被瑞昌市评为社会主义新农村建设示范点，引得周边县市许多乡镇前来参观学习。

他让一个濒临破产的农垦企业充满活力

走进瑞昌城东的赛湖农场，宛如走进一幅美丽的乡村画卷。干净整洁的柏油路旁，排列着一栋栋粉墙黛瓦的小楼，孩子们欢快地从家里跑出来，在草地上嬉笑玩耍。村前的池塘里，荷花绽放，蜻蜓飞舞……然而，十年前，这个美丽的地方，却是有名的"脏乱差"地带。

2011年4月，周贲调任赛湖农场场长。农技员出身的他，见过乡村的脏乱差，但是，到农场上班的第一天，还是被眼前所见惊呆了。坑坑洼洼的泥土路上，杂草丛生，到处是牛粪和生活垃圾，臭不可闻。

要想富，先修路。周贲上任的第一件事就是修一条从西到东的农业产业路，把三个分场和城区连通起来，再对群众的房屋进行新的规划。他把相关干部和群众代表召集到一起开会研讨，听到了质疑的声音，"如果修那条路，就会占用农用耕地，农户思想工作怎么做通？这得花多少钱？钱从哪里来……"

戴着眼镜的周贲，看上去很文弱，干起事业却有一股特别的拼劲。为了修好路，他到处争取资金、政策支持。道路规划好后，他一趟一趟地前往群众家里讲道理、谈发展、讲未来。开始那些不同意征地、征房屋的群众，最终被他的苦口婆心所感动，纷纷在征收协议书上签字。

路修好后，群众建设新村的热情高涨。大约两年时间，农场引导，群众响应的新村建设如火如荼，整个赛湖农场面貌焕然一新。

接下来，周贲又开始思考如何发展赛湖农场的现代农业。过去，赛湖农场长期种植水稻、玉米、黄豆、花生等传统作物，经济效益低下。针对农场临近市区的优势，周贲鼓励大家发展现代观光农业，把农场打造成瑞昌市区的"后花园"。不久后，农场建成了精品水果采摘园、赛荷园、农业科技示范园、特种水产养殖基地等现代观光农业，一到节假日，度假者络绎不绝地来到农场观赏游玩采购，附近的农家乐和超市生意红红火火。农业改革的成功，让赛湖农民的年收入从原来的六千五百元增长到两万余元。

2016年7月的一天晚上，连日暴雨导致长河水位猛涨，凌晨3点多，水位超过了警戒线两米多，周贲第一时间赶到河堤，跟在他身后的是拿着铁锹、沙袋的长长队伍，几千名群众自发赶来护堤。周贲带领大家奋战七天七夜，建筑起长一万两千米，高一米五的子坝，终于化解了洪水险情。白面书生周贡穿着沾满泥水的迷彩式劳工服、劳工鞋，像个新时代的老农，让人一下辨认不出。

有人说周贡像个老农，他并不生气，他发自内心对农民有感情。农场扶贫工作中，他挑选了一户最困难的对象进行帮扶，这对王姓父子，父亲是残疾人，儿子是严重的糖尿病患者，生活非常拮据。周贡与他们结成帮扶对象后，开始对他们的房屋进行修缮，先后争取资金、发动捐助，一共筹集了十万元，把王家破旧的房子修葺一新。

周贡让农场的帮扶对象全部享受低保，还亲自与经营观光农业的企业家联系，让农场的帮扶对象参加一些力所能及的工作，确保有比较稳定的收入。农场群众在茶余饭后经常说："咱们碰到了一个好场长。"

小区拉起了横幅"感谢共产党，感谢市政府，感谢住建局"

城郊的赛湖农场建设面貌焕然一新，令瑞昌市委、市政府非常满意。但是市区的"老旧破"改造，城区排污系统建设迫在眉睫。2021 年 9 月，瑞昌市人民政府任命周贡担任瑞昌市住建局局长。

周贡通过瑞昌"两会"反映的社情民意，多方走访调研，下班后，走遍了市区每一个角落。在掌握了整体情况后，他马上着手制订计划。

城区"老破旧"小区改造工程，是他上任遇到的第一个棘手难题。以前在南义镇，在赛湖农场积累的集镇建设经验在这里继续发挥，但是城区群众的维权意识、自主意识强烈。明明是一件惠民工程，政府投资，百姓受益的大好事，在有些老百姓眼里却成了政府领导在搞政绩工程、面子工程。小区的有些小空地，老百姓要种菜，政府却要栽花……面对这些不理解，周贡和班子成员同社区干部采取了"群众路线"做法。明确改造小区之前要充分尊重群众意愿，改造内容由群众选择，改造方案由群众确定，改造过程与验收让群众参加，全程邀请相关群众参与，让群众成为小区改造的参与者、监督者和评判者。这样一来，隔阂消除了，矛盾没有了。

通过走"群众路线"的方法，只用一年多时间，周贲顺利改造了十七个老旧小区，受益家庭八千六百多户。这些小区从无人管理到有人主动管理，实现了从"旧乱差"到"新净美"的华丽转身。人民群众的幸福感日益提升。

周贲的第二个任务就是建设好城区排污系统。因为历史遗留问题，瑞昌市污水管网存在三大难题：一是污水处理能力不足，整个城区只有一座污水处理厂；二是污水管网原先的材料质量标准不高，老化严重；三是污水收集率偏低。周贲深知排污系统是一个城市的良心工程，他向上级报告，要高标准编制污水专项计划，重新构建管网体系。投资十三亿四千万元，建设城东污水处理厂二厂和城西污水处理厂项目，推进十八个集镇管网整治，改建二十八条城区主次干道和六十三个居民小区的管网建设。为了加快工程进度和提高工程质量，他经常早上 6 点就去工地跟踪情况，晚上 10 点到项目指挥部进行调度，脚上穿的劳保鞋沾上的厚厚泥巴，也没工夫去清洗。

在他的带领下，瑞昌市城市排污系统的建设走上了快车道，很快就给瑞昌人民带来碧水蓝天、空气新鲜的优质环境。

2022 年 6 月，瑞昌市物资小区、通海花园小区改造完工，排污系统管网也开始使用，小区环境发生了翻天覆地的变化，杂乱的野草空地种上了美丽的绿色植被，刺鼻的污水不再漫溢，小区内绿树成荫，空气新鲜，住户常常带着孩子拍照留念。这两个小区的顶楼好几处悬挂了鲜红的条幅，"感谢共产党""感谢人民政府""感谢住建局""中国共产党好""人民政府好""为改造小区奔跑的领导干部们辛苦了"。有人把群众拉条幅感谢党和政府的事告诉周贲，周贲笑了，他知道群众的满意就是自己最大的满意。

因为出色的工作业绩，周贲被授予全国"人民满意的公务员"光荣

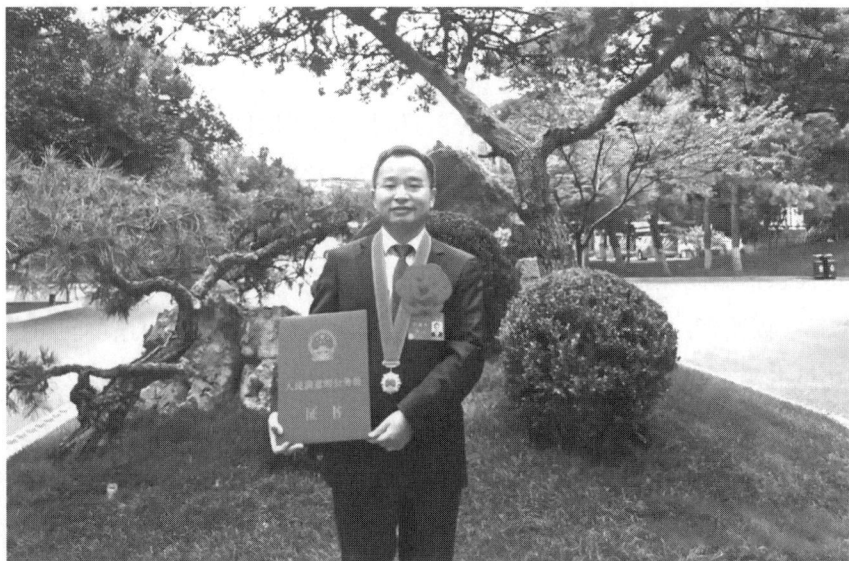

⊙ 全国"人民满意的公务员" 周贲

称号。2022 年 8 月 30 日，周贲和其他公务员代表一起在人民大会堂受到习近平总书记的亲切接见。这是对周贲近三十年来穿着沾满泥土鞋子行走在庄稼地、行走在工地、行走在群众所急路上的充分肯定。载誉归来的周贲，依然朴实低调，他说，金灿灿的荣誉更是沉甸甸的责任，在今后的工作中要牢记习近平总书记的嘱托，"我将无我，不负人民"，不忘初心、牢记使命，做一个终生让人民满意的人民公仆。

第八章 "铁汉子"的扶贫情怀

——记全国乡村振兴（扶贫）系统先进个人曾宪利

⊙ 全国乡村振兴（扶贫）系统先进个人
曾宪利

曾宪利，瑞昌市范镇红岗村人，1973年8月出生，1994年9月参加工作，2016年任瑞昌市扶贫办主任，2021年9月任瑞昌市农业农村局党组书记、局长。

曾宪利同志对党忠诚，对群众真诚，工作上不顾身体疾病和劳累，务实担当，把"五加二""黑加白"作为工作常态，用苦干、奉献、创新，有效解决了扶贫道路上的一个个难题，连续五次在九江市扶贫工作考评中荣获"先进个人"称号，2021年5月荣获江西省五一劳动奖章。"十三五"时期荣获"全国乡村振兴（扶贫）系统先进个人"称号。

他是攻坚路上的"铁汉子"

党中央关于精准扶贫的战斗号角吹响后，一批批扶贫干部走村入户，精准帮扶。他们重执行、有担当，重实干、善作为，就像当年的大桥"铁肩膀"一样，有着铁一般信仰，铁一般信念，铁一般纪律，铁一般担当。在这支"铁军"队伍中，曾宪利便是瑞昌干部群众口中的"铁汉子"。

2016 年 11 月，在脱贫攻坚时期，曾宪利被组织上任命为瑞昌市扶贫办主任。曾宪利知道脱贫攻坚是党中央关注的大事，责任重大，他心里暗暗发誓：就是豁出身子，也要交上一份满意的答卷。

上任第一天，曾宪利就在办公室挂上一张崭新的瑞昌地图，自己每到一处，便画一个红色圈圈。现在，那张地图上已经密密麻麻画满了小圈圈，这些小圈圈就是他工作的足迹。四年来，曾宪利没有好好过一个周末，无论刮风下雨，他都每天坚持进村入户，走的大多是最偏远的村民小组，访的都是最困难的贫困家庭。他用脚步重复丈量着瑞昌近一千四百二十四平方公里的土地，遍访全瑞昌二十一个乡镇、一百五十九个行政村、三千一百八十七户贫困户和近半数农户，走进了困难群众的心窝。曾宪利经常白天下乡，晚上工作到深夜，以至于市行政中心大楼值班人员只有看到他办公室灯熄了，才会关上大门。熟悉他的人都称他为"工作狂""铁汉子"！他常说："作为一名扶贫干部，既要有扶贫的信念，更要有扶贫的脊梁，要亮得了剑，扛得住压，要做到'五千五万'：走千道万路、访千家万户、吃千辛万苦、道千言万语、想千方万计。"这"五千五万"，是他的扶贫情怀，也是瑞昌扶贫干部工作的坚强信念。

其实，"铁汉子"并不铁。他患有高血压和术后综合征，腹壁疝一天比一天严重，右腹越来越大，极易出现疲劳、晕厥、消化不良和肠梗阻等症状，办公桌的案头和公文包里总是放着每天需要服用的药物，对此他却闭口不提。2017 年 8 月，在瑞昌市"中片学习进行时特别报道

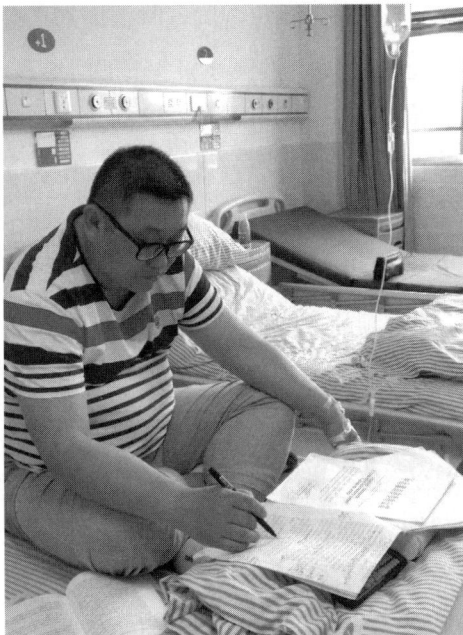

⊙ 曾宪利在病床上工作

脱贫攻坚'奋斗者说'乡镇督导"时，他因连续几天加班加点工作，血压突然升高，差点晕倒。2018年5月和9月，同样因为工作劳累，他两次病倒住院。医生告诉他必须手术，他却总以工作忙为由，将手术时间一拖再拖。2021年3月，曾宪利病情加重，却坚持把各项工作安排好，才去医院短暂住了几天院，又回到工作岗位。2021年6月，他再次住院，本以为与往常一样，住上几天院打上几瓶点滴就没事，谁知由于肠梗阻坏死而昏迷，好在及时转至广州医院进行了七个多小时手术，才转危为安。病情稍有一点好转，曾宪利的病床就成了办公桌。主治医生看到这样的场景，既心疼又生气："没见过这么拼命的人！"就在他身体还未完全恢复的时候，他又一头扎进了脱贫攻坚一线。至今，他身上还绑着腹带，去广东复查的时间也一拖再拖。

他是扶贫系统的"智多星"

拼命三郎，拼的是身体，用的是智慧。曾宪利深知：担好扶贫重任，必须吃准政策、熟识业务、精准操作。做好扶贫工作不能只停留在"纸上"，功夫更要下在"路上"。

他是这样说的，也是这样做的。当扶贫工作出现问题时，他都是自己先行一步，认真思考探索，拿出自己的意见，供领导和乡镇部门参考。扶贫领域的每一份文件，他必定先悟透弄懂，再进行传达贯彻。就是凭着这份执着，他很快成为脱贫攻坚工作的一把好手，得到九江市扶贫办和同行们的认可，是大家公认的扶贫系统的"智多星"。

扶贫工作要用"解剖麻雀式"，斩断穷根要用"秋风扫叶式"。曾宪利善于在工作中不断总结创新。他带领的扶贫团队创新的贫困户信息二维码，"一户一码"大数据助力精准扶贫、蓝黄红"三色"动态管理建档立卡贫困户、边缘户等"智慧扶贫"新模式，在全市得到推广，受到好评；推行的"脱贫攻坚工作坚持整改推进'两手抓'、实施'七个一'举措""五个一"产业扶贫新路子、"'六查六看六推'统筹推进机制"、"争当'五好贫困户'扶志感恩行动"、"七条举措有效应对疫情打好脱贫攻坚战"等特色做法，得到了省、市扶贫办的充分肯定。他牵头组织拍摄的《两副对联》《春雨有声》微电影分别选送中纪委和中宣部，得到社会上的高度赞誉……这累累工作硕果，凝结了"铁汉子"的心血和对群众满怀的牵挂。

他是贫困群众的 "贴心人"

在长期的扶贫工作中，曾宪利对"贴心人"三个字有一个独到的见解。他认为，对于贫困户来说，扶贫工作者是他们的贴心人；对于扶贫工作者来说，贫困户是扶贫工作者的贴心人。脱贫攻坚不仅是一场实打实的硬仗，也是一个心连心、心交心的过程。一次，曾宪利到洪一乡麦良村王姓人家走访，发现王老汉情绪低落，有"破罐子破摔"的思想。通过进一步了解，得知王老汉儿子儿媳患有智力残疾，孙子孙女在读小学，全家五口人仅靠其做些零工维持生活。曾宪利看在眼里急在心里，一个月内，他三次跑到王老汉家，与他结亲戚，促膝谈心，并与乡村干部一道，帮助想办法、定举措、筹资金，为王老汉安排了清洁工岗位，并筹集了养牛的启动资金。王老汉的"疙瘩"解开了，心中有梦了，眼里有光了，脚下有路了。这几年，只要去洪一乡，曾宪利都会挤出时间到王老汉家坐上几分钟，聊上几句话。哪怕住院时，他依然惦记着王老汉一家，并把组织上的关心和温暖传递给了他们。在曾宪利的倾力帮扶下，王老汉家牛业做大了，经济好转，逢人就讲："我家能有今天，全是曾主任这样的贴心人帮扶的结果！"

2020 年春，突如其来的新冠肺炎疫情给贫困户脱贫工作增加了难度。曾宪利第一时间向市委建议：战"疫"、战"贫"两大战役一起打，在做好疫情防控工作的同时，牢牢牵住贫困群众增收"牛鼻子"，精准施策，狠抓产业就业扶贫各项政策措施落实落地，让贫困户信心不失收入不减。复工复产时机一到，曾宪利迅速带着扶贫系统干部跑乡镇，入村组，看车间，进基地，哪里有困难他就去哪里，哪里有需求，他就同相关部门研究并提出可行方案。"疫情就是命令，丝毫松懈不得；贫困户就是家人，丝毫怠慢不得；产业就是财富，丝毫浪费不得；时间就是生命，应当倍加珍惜。"

在高丰镇永丰村的扶贫车间上班的贫困户何木连高兴地说："谢谢关心，厂里复工了，我也有活干了，一个月能挣近三千块钱。"曾宪利说："这些事情是我们应该做的，你们能找到活干有收入，我们才放心啊。"

对待工作，曾宪利是"铁汉子"；对待贫困户，曾宪利是"贴心人"；可对待家人，曾宪利却是一副"铁心肠"：无数个本该家人团聚的时刻，他都走在乡间路上，访在贫困户家中；逢年过节，家里的饭菜冷了又热，热了又冷。让曾宪利感到欣慰的是，他的身后有亲人的理解和支持。妻子在社区工作，常常担心丈夫的身体，又怕打扰他的工作，便把家里收拾得井井有条，不让他为家庭操心。女儿理解父亲，并自觉以父亲为榜样，一出校门就选择扎根基层到农村一线工作，父女俩在扶贫一线相互鼓励，相互支持。最让曾宪利感到愧疚的是母亲。2019 年底，母亲突发脑梗住院治疗，躺在病榻上几个月，其间他只去看望了两次。母亲病情稳定后，他嘱咐家人将母亲接回老家，好好照顾，一直到大年三十，他才忙好手头上的工作，赶回老家陪母亲吃顿年夜饭。工作间隙，他会抽出一点时间和照看母亲的嫂子打上一个视频电话，看看母亲，问询情况。"二弟啊，母亲身体挺好的，你不要担心，好好忙自己的工作，有空再来看她。"嫂子的声音给了他拼命工作的勇气和力量。看母亲身体一天不如一天，可是病榻前却少见儿子的身影，2020年6月份母亲去世时，他正在一个边远山村的贫困户家里与户主拉家常，找出路。

他是乡村振兴的"赶考生"

2021年9月，曾宪利转任瑞昌市农业农村局党组书记、局长。与他同期的扶贫办主任大都调岗了，有人劝他，年纪大了，换个轻松岗位，但他觉得乡村振兴工作是继脱贫攻坚之后最大的民生工程，这里有他牵肠挂肚的脱贫群众，有他放心不下的农业产业，有他力图改变的落后村庄。他便主动向瑞昌市委请缨，要求到乡村振兴的一线部门工作，为瑞昌的乡村振兴工作开局起步继续出力。

角色转变了，任务更重了。他一刻也不敢耽误，也不愿耽误。他认真研究党的乡村振兴工作的方针、政策，努力吃透"上情"；他积极下到各乡镇、各村组，实地了解村庄建设、产业发展情况，下到家庭农场、农民专业合作社、农业产业化企业等新型农业经营主体，访实情、问需求、探计策，努力掌握"下情"。一个月时间，他走遍瑞昌市六家九江市级以上农业产业化龙头企业，十二家省级以上农民合作社示范社，五家省级以上示范家庭农场。同时，经过积极与上级对接，10月18日，全省油菜生产全程机械化现场会在瑞昌成功举办。三个月时间里，他主持起草了全市美丽集镇建设三年行动方案、全市现代农业发展五年行动方案等重要文件，计划三年内投资二亿五千三百万元实现所有镇区"三年大变样、一镇一特色",展现全市乡村振兴的勃勃生机。临近年关,他组织开展了送政策、送农资、送技术、送温暖"四送"活动,亲自到村组与农民群众面对面讲政策,手拉手送温暖,心交心听意见。和他一起畅谈的乡村干部笑着说:"曾局长转岗到农业农村局了,还是那样睿智的笑容,熟悉的工作节奏,我们的乡村振兴工作大有希望!"

"给我一个平台,还您一份精彩"。曾宪利同志始终牢记这份承诺,在组织给他的这个平凡岗位上,以忠诚担当的政治品格、乐于奉献的为民情怀、坚韧不拔的吃苦精神,砥砺奋进,履职尽责,用热血书写脱贫攻坚的华美篇章,用激情踏上乡村振兴的赶考之路。

星光不负赶路人,岁月不负有心人。这几年,瑞昌市脱贫攻坚工作可圈可点,成效明显。见到曾宪利那拼命的样子,一些好友说,你这样的破身体,那样玩命工作图个啥?他笑着说:我啥都不图,只图贫困户

⊙ 曾宪利开展日常走访工作

那一张张开心的笑脸，那一串串幸福的泪光。

这就是铁汉子的扶贫情怀，这就是扶贫人的责任担当！曾宪利常情不自禁吟起那感人肺腑的诗句：

> 如果远方呼唤我，
> 我就走向远方；
> 如果大山召唤我，
> 我就走向大山。

附录一 瑞昌市自 1978 年以来获得
党中央、国务院及各部委，中共江西省委、
江西省人民政府表彰的部分人员名单

序号	姓 名	荣誉名称	颁发部门	表彰年份(年)
1	曹宏词	江西省劳动模范	省委、省政府	1978
2	蔡灿辉	江西省劳动模范	省委、省政府	1982
3	胡齐荣	江西省劳动模范	省委、省政府	1982
4	罗名凤	江西省劳动模范	省委、省政府	1983
5	贺贤行	全国优秀班主任	教育部	1984
6	丁显松	江西省先进工作者	省委、省政府	1985
7	廖炳才	全国计划生育先进工作者	国家卫健委	1986
8	陈 战	打击严重刑事犯罪活动先进个人	省委、省政府	1987
9	丁显松	江西省劳动模范	省委、省政府	1988
10	周良淳	全国中小学德育先进工作者	国家教委	1988
11	范久忠	江西省劳动模范	省委、省政府	1989
12	沙善谋	江西省先进工作者	省委、省政府	1989
13	杨贵书	全国优秀教师	国家教委、人事部、全国教育工会	1989
14	封寒英	全国优秀教师	国家教委、人事部、全国教育工会	1989
15	冯隆发	全国优秀教师	国家教委、人事部、全国教育工会	1989
16	沙善谋	全国优秀教育工作者	国家教委、人事部、全国教育工会	1989

续表

序号	姓　名	荣誉名称	颁发部门	表彰年份(年)
17	朱　杰	江西省先进工作者	省委、省政府	1990
18	徐勋洪	全国优秀教师	国家教委、人事部	1991
19	吕庆胜	江西省劳动模范	省委、省政府	1993
20	张绪雄	全国水保监督执法试点工作先进个人	水利部	1993
21	肖敦木	1993 年全国优秀乡村医生	卫生部	1993
22	徐建成	全国优秀教师	国家教委、人事部	1993
23	周桂姣	全国优秀教师	国家教委、人事部	1993
24	余传夏	江西省劳动模范	省委、省政府	1994
25	雷在新	江西省先进工作者	省委、省政府	1994
26	雷在新	全国优秀人民警察	公安部	1994
27	范宏芳	全国优秀人民警察	公安部	1995
28	朱爱莲	全国优秀教师	国家教委、人事部	1995
29	董柏良	江西省劳动模范	省委、省政府	1996
30	刘礼槐	全国妇幼卫生先进工作者	卫生部	1996
31	谈建军	全国群体体育先进个人	国家体委	1997
32	蔡报刚	全国优秀教师	国家教委、人事部	1998
33	国立强	1998—1999 年粮食市场监督管理工作先进个人	国家工商行政管理局	1999
34	刘彦展	江西省劳动模范	省委、省政府	2000
35	吴自强	江西省劳动模范	省委、省政府	2000
36	张友凤	江西省先进工作者	省委、省政府	2000
37	胡朝春	全国优秀教师	国家教委、人事部	2000

续表

序号	姓名	荣誉名称	颁发部门	表彰年份(年)
38	张金生	全国土地登记和土地调查先进个人	国土资源部	2003
39	万治君	江西省先进工作者	省委、省政府	2005
40	田爱华	江西省劳动模范	省委、省政府	2005
41	钟绍利	"11·26"九江抗震救灾和灾后重建先进个人	省委、省政府	2006
42	刘成	"11·26"九江抗震救灾和灾后重建先进个人	省委、省政府	2006
43	汪新锋	"11·26"九江抗震救灾和灾后重建先进个人	省委、省政府	2006
44	雷剑春	"11·26"九江抗震救灾和灾后重建先进个人	省委、省政府	2006
45	魏恒山	"11·26"九江抗震救灾和灾后重建先进个人	省委、省政府	2006
46	朱朴光	江西省首届民间文化艺术家	省政府	2007
47	刘诗英	瑞昌剪纸国家级代表性传承人	文化部	2008
48	肖敦木	2009 年全国优秀乡村医生	卫生部	2009
49	何海花	全国劳动模范	中共中央、国务院	2010
50	徐勋乔	江西省劳动模范	省委、省政府	2010
51	何雪平	江西省劳动模范	省委、省政府	2010
52	曹国良	第一次全国污染源普查先进个人	国务院第一次全国污染源普查领导小组办公室、环境保护部、国家统计局、农业部	2010
53	范长青	全国劳动模范	中共中央、国务院	2012
54	余丽萍	全国三八红旗手	全国妇联	2012
55	雷琴	全国少年法庭工作先进个人	最高人民法院	2014
56	王俊	全国模范教师	教育部	2014

续表

序号	姓名	荣誉名称	颁发部门	表彰年份(年)
57	周俊军	全国劳动模范	中共中央、国务院	2015
58	邵国有	江西省劳动模范	省委、省政府	2015
59	徐瑞华	江西省先进工作者	省委、省政府	2015
60	陈斌辉	江西省劳动模范	省委、省政府	2015
61	朱汉盛	全国关心下一代工作先进个人	中国关工委	2015
62	范治钢	全国疾病预防控制工作先进个人	国家卫健委	2015
63	胡承慧	全国实施妇女儿童发展纲要先进个人	国务院妇女儿童委员会	2016
64	陈玉梅	全国五一劳动奖章	中华全国总工会	2016
65	陈玉梅	江西省先进工作者	省委、省政府	2016
66	易本义	永久基本农田划定工作中表现突出个人	国土资源部、农业部	2017
67	何雪平	全国巾帼建功标兵	全国妇联	2017
68	田先敏	瑞昌竹编国家级代表性传承人	文化和旅游部	2018
69	鄢俊彬	全国市场监管系统先进工作者	人力资源和社会保障部、市场监管总局	2019
70	谢启林	江西省劳动模范	省委、省政府	2020
71	何华生	江西省劳动模范	省委、省政府	2020
72	范治钢	江西省先进工作者	省委、省政府	2020
73	范小敏	江西省劳动模范	省委、省政府	2020
74	吴智丽	全国抗击新冠肺炎疫情先进个人	中共中央、国务院	2020
75	刘仁鹏	江西省抗击新冠肺炎疫情先进个人	省委、省政府	2020
76	段元志	江西省抗击新冠肺炎疫情先进个人	省委、省政府	2020

续表

序号	姓 名	荣誉名称	颁发部门	表彰年份(年)
77	蔡紫云	江西省抗击新冠肺炎疫情先进个人	省委、省政府	2020
78	柯寒臣	江西省抗击新冠肺炎疫情先进个人	省委、省政府	2020
79	鄢俊彬	江西省"人民满意的公务员"	省委、省政府	2020
80	陈燕斌	全国优秀少先队辅导员	共青团中央、教育部、全国少工委	2020
81	陈英	全国最美劳动者	中华全国总工会	2021
82	雷琴	全国维护妇女儿童权益先进个人	全国妇联	2021
83	吴拥军	全国群众体育先进个人	国家体育总局	2021
84	柯鹄	全省脱贫攻坚先进个人	省委、省政府	2021
85	肖智	全省脱贫攻坚先进个人	省委、省政府	2021
86	何振中	全省脱贫攻坚先进个人	省委、省政府	2021

附录二 大桥"铁肩膀"精神相关歌曲

大桥变了样

大桥文工团集体 词
本其 先红 编曲

1=♭B 2/4

女声表演唱

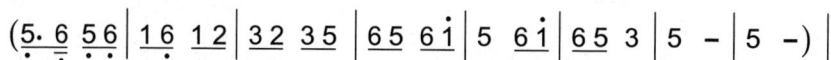

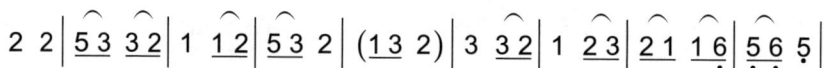

大桥 大桥 变 了 样 呃 处处 一 片 新 气 象 呃
大大 桥桥 变变 了 样 呃 电站 革 命 向 前 闯 呃
大桥 大桥 变变 了 样 呃 不断 革 命 向 前 闯 呃

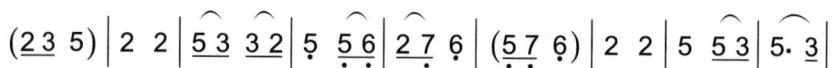

山 笑 水 笑 人 也 笑 喂 人 换 思 想 地 好
湖 草 湖 泥 改 土 壤 喂 换 麦 丰 收 好
艰 苦 创 业 十 二 年 喂 铁 肩 精 神 永

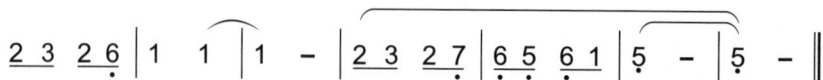

换 装 呃 呃
风 光 呃 呃
传 扬 呃 呃

红 心 嫂

1=F 或 G 2/4

女声演唱　　　　　　　　　瑞昌人民公社业余文工团　词
　　　　　　　　　　　　　农民　梁先红　曲

愉快 赞颂地 民族风

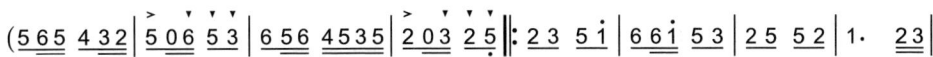

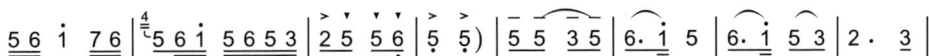

(5 6 5 4 3 2 | 5 0 6 5 3 | 6 5 6 4 5 3 5 | 2 0 3 2 5 ‖: 2 3 | 5 1 | 6 6 1 5 3 | 2 5 5 2 | 1· 2 3 |

5 6 1 7 6 | 5 6 1 5 6 5 3 | 2 5 5 6 | 5 5) | 5 5 3 5 | 6· 1 5 | 6· 1 5 3 | 2· 3 |

大桥　　有　个　红　心　嫂嘿
大桥　　有　个　红　心　嫂嘿
大桥　　有　个　红　心　嫂嘿

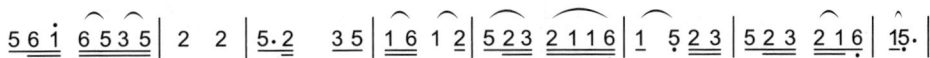

5 6 1 | 6 5 3 5 | 2 2 | 5· 2 | 3 5 | 1 6 1 2 | 5 2 3 2 1 1 6 1 | 5 2 3 | 5 2 3 | 2 1 6 | 1 5· |

红呀么红心　嫂咧 政治(那个)思　想　觉　悟　高 哎嘿 觉呀么觉悟高
红呀么红心　嫂咧 共产(那个)主　义　风　格　高 哎嘿 风呀么风格高
红呀么红心　嫂咧 关心(那个)群　众　最　周　到 哎嘿 最呀么最周到

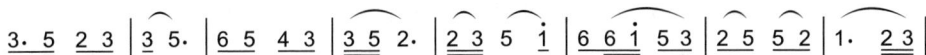

3· 5 2 3 | 3 5· | 6 5 4 3 | 3 5 2 | 3· 2 3 5 1 | 6 6 1 5 3 | 2 5 5 2 | 1· 2 3 |

田头学报纸 天天上夜校 毛 主 席 著作 不 离 身
困难抢着上 重担自己挑 水 上 积肥 她 带 头
社员团结好 生产步步高 勤 俭 办社 好 管 家

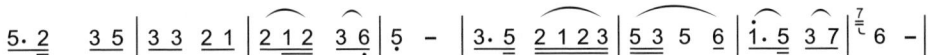

5· 2 | 3 5 | 3 3 2 1 | 2 1 2 | 3 6· 5 | 5 - | 3· 5 | 2 1 2 3 | 5 3 5 6 | 1· 5 3 7 6 - |

带着 (那个)问题 嘞哎 来 请 教 活学活 用 作榜样了
竹剪 (那个)捞来 嘞哎 满 船 草 她的任 务 完成了
生产 (那个)生活 嘞哎 安 排 好 真是党 的好女 儿

1· 1 | 6 1 | 6· 5 5 3 | 2 3 5 3 2 | 1· 6 5 3 | 2· 3 | 2 0 3 | 2 1 | 1.2. 1 1 | 2· 1 | 5 0 :‖

心里 (那个)明 亮 干劲 高 喂 嘿 党的话儿 记得牢哎嘿哟
又帮 (那个)别人 把草 捞 喂 嘿 又帮别人 把草捞哎嘿哟
谁不 (那个)夸 赞 红心 嫂 喂 嘿 谁不夸赞

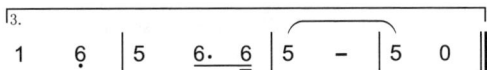

3. 1 | 6· 5 | 6· 6 | 5 - | 5 0 ‖

红 心 嫂哎嘿哟

大桥姑娘喜事多

1=G 3/4 2/4

瑞昌码头山歌
张德林 王茂炎 刘振龙 记谱
农民 夏美稀 演唱

节奏自由 开朗

革(喂)命 年 头 喜(哟 呵)事 多 (喂) 双(喂)喜

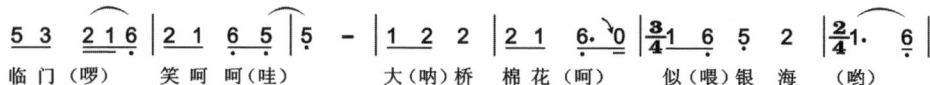

临门(啰) 笑 呵 呵(哇) 大(呐)桥 棉花(呵) 似(喂)银 海 (哟)

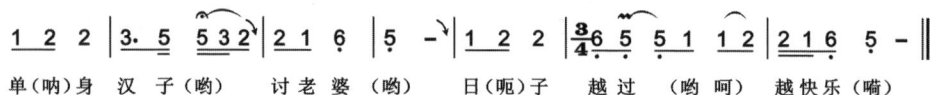

单(呐)身 汉 子(哟) 讨老婆 (哟) 日(呃)子 越过 (哟 呵) 越快乐(嘴)

（曲二）牛歌

哎 哟 呵 呵 哎 哟 呵 呵 呵 呵 哟 哟 哟 呵 呵

（曲三）牛歌

（器乐）

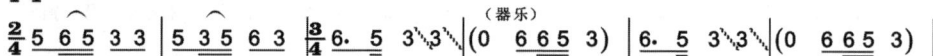

太阳 出来 放红 光呃 （哟 呵 呵 呵） 哟 呵 呵 呵

（打击乐）
哒 0令令 0 哒 0令令 0

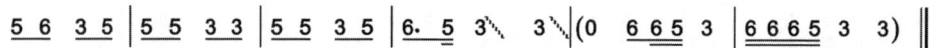

照得 人心 亮堂 堂呀 亮堂 堂呀 哟 呵 呵 呵

（打击乐）
哒 0 0 令0 一个令令 0 令

（曲四）牛歌

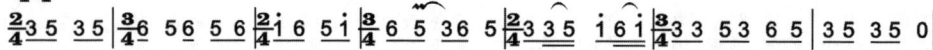

红梅 姐姐 做(哟)新 娘(啦)抬出 棉花 当(呀) 嫁妆 大红 (呵哈) 花袄 缎子 被呀)张开 花儿

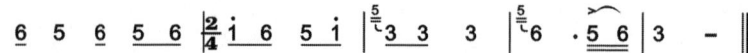

戴(哟)头 上(呵) 大 春 哥哥 迎新 姐 哟 呵 呵

（曲五）

2/4 欢畅地 快

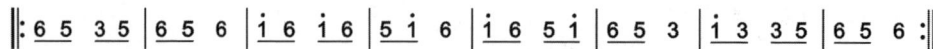

劳动 模范 配英 雄 红梅 大春 真过 劲 恭喜 生个 胖娃 娃 夫妻 双双 笑盈 盈
今天 棉花 当彩 礼 明年 棉花 上北 京 感谢 中国 共产 党 感谢 领袖 毛泽 东

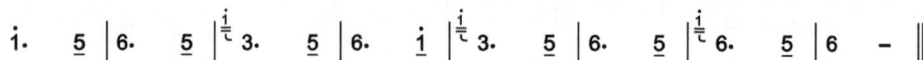

嘿 嘿 嘿 嘿 嘿 嘿 嘿 嘿 嘿 嘿 嘿 嘿 嘿 嘿 嘿 嘿

唱给铁肩膀

陈茂胜 词
王亚峰 曲

1=C 4/4

3 5 5̇ 6̇ 5 5 | 0 6̇· 1 1̇ 2 3 | 0 6̇· 6̇ 1 1 6̇ 5 3 3 | 2 2 2 3 0 3̇ |
大地难 忘 岁月难 忘 是谁让穷乡僻 壤 改变了模样 那

3 5 5̇ 6̇ 5 3 3 1 | 2 2 2 3 1 6̇· | 5̇ 6̇ 1 2 6̇ 5 3 | 2 2 2 3 5 0 |
一群拓荒的 人感 动了一代代人 那一首歌还在唱 唱给铁肩膀

5 6̇ 1̇ 6̇ 5 3 5 | 2 1 2 3 2 0 | 2 1 2 3 5 - | 5 6̇ 1̇ 6̇ 5 3 5 |
就是这副铁肩膀 敢叫水倒流 荒滩变粮仓 正是这副铁肩膀

2 1 2 3 2 0 | 2 3 2̇ 6̇ 1 0 | 5 6̇ 1̇ 6̇ 5 3 5 | 2 1 2 3 2 0 |
扁担挑日月 汗水稻花香 抖擞这副铁肩膀 送走了贫困

2 1 2 3 5 - | 5 6̇ 1̇ 6̇ 5 3 5 | 2 1 2 3 2 0 | 2 3 2̇ 6̇· 1 - |
扛来了富裕 仰望这副铁肩膀 光彩耀神州 天下美名扬

0 0 0 0 | 1̇· 2̇ 3̇ 2̇ 1̇ | 6 6 5 3 0 | 5 3 2 1 2 0 |
啊 铁肩 膀 铁肩膀 飞扬的旗帜 时

2 1 2 3 5 0 | 1̇· 2̇ 3̇ 2̇ 1̇ | 6 6 5 3 0 | 5 3 2 1 2 0 |
代的荣光 啊 铁肩 膀 铁肩膀 精神的丰碑

2 1 2 3 5 3 5 | 5 6̇ 1̇ 2̇ 2̇ 1̇ 2̇ 3̇ | 5̇ - 5̇ 3̇ 2̇ 1̇ | 2̇ 0 2̇ 1̇ 6̇ 2̇ |
奋进的力量 看我 瑞昌儿女实干争 先 巨臂写春 秋 盛世铸辉

1̇ - - 0 ‖
煌

附录三 歌颂"铁肩膀"诗词选

参观大桥展览馆

邓必友

馆展人文故事多,铁肩改变旧山河。
一群典范今何在?扁担精神永楷模。

赞大桥"铁肩膀"精神

王小波

赤仙若觅旧时容,鸡犬曾闻陌巷中。
竹扁扫平芦苇荡,铁肩降伏薜荔丛。
于今四季莺声绿,到处相逢花影红。
正值农家耕种日,教人怎不敬愚公。

参观大桥铁肩膀纪念馆
朱尚雅

棉麦双高汗马功，腾飞破壁力无穷。
新村气象新天地，尽在铁肩担负中。

大桥铁姑娘
许瑞明

火红岁月铁肩妞，似箭光阴不计秋。
已把青春披赤胆，再将华彩作黄牛。
一年辛苦桑麻梦，四季勤劳汗水流。
喜看今朝丰硕果，大桥旗帜永传留。

赞劳模胡华先
李翰钦

一根扁担改荒田，挑起湖泥植稻棉。
铁膀英模何处去？至今人尽说华先。

瞻大桥村史馆
周继舟

扁担一根横大桥，饥寒重任铁肩挑。
挑蓝千顷赤湖水，挑绿万丘棉麦苗。

赞大桥铁肩膀精神
罗阳春

每忆华先创业功，那条扁担至今红。
当年先辈愚公志，挑草护棉万担丰。

参观大桥铁肩膀纪念馆感吟
胡应华

粮棉故事论功臣，铮骨铁肩人上人。
照片泛黄虽褪色，始终不变是精神。

摹写"铁肩膀"精神主要缔造者胡华先老人
费重爱

一

他用如来笔，拿来画远烟。
岫云多出彩，炎夏少鸣蝉。
小酌家乡酒，常摇泥木船。
大桥无限好，正卧赤湖边。

二

纵有千条路，犹难寻所踪。
铁肩挑日月，茧手种芙蓉。
带领村民干，跟随组织冲。
水乡鱼更美，自可化为宗。

大桥变了样

梁先仁

红壤丘陵十里长，穷村弱麓古来荒。

一声鸡唱沧桑暖，万朵云消日月光。

水草铁肩铺瘦地，塘泥赤脚送山冈。

椿萱创业功劳大，榜上盛名传四方。

忆江南 赞大桥

雷在东

帆影远，北涉直通江。浪涌龙舟鸣鼓急，波含笑靥采莲忙。画里看渔乡。

千峦翠，棉雪稻金黄。日月双挑肩膀铁，山川独秀水云香。昂首步康庄！

注：北涉，赤湖渡口，全国劳模胡华先村庄所在地，原名大桥下北涉庄。

铁肩膀精神

虞效月

记得儿时赞大桥，欢歌一曲舞春潮。

铁肩改地湖山美，苦乐年华最傲骄。

参观大桥铁肩膀文史馆

熊仁清

一座丰碑一部书，当年汗水似珍珠。

改良土壤挑湖草，扩种棉花舞铁锄。

扁担箩筐传后代，人文史馆赞先驱。

喜看生态新农业，碧水蓝天福赤湖。

大桥铁肩膀展览馆观感
蔡泽銮

史馆楼台挂百图，冬春汗水串千珠。

翻耕土地污泥盖，播种粮棉沃草铺。

扁担箩筐传后代，风车碓磨累先驱。

提高理念劳模悦，做大文章样板呼！

参观大桥村铁肩膀纪念馆
魏金荣

灵秀湖滨白鹤飞，稻棉丰稔蟹鱼肥。

铁肩担起千丘秀，继往开来胜景辉。

西江月·大桥
邓居春

紫霭霞蒸福地，青山绿水村庄。民风淳朴我家乡。襟抱腾飞梦想。

多少先贤奋斗，曾经岁月荣光。勤劳智慧历沧桑，高矗云程翅膀。

铁肩膀精神代代传
徐增干

—

赤湖水忆大桥男，斗地披星战未酣。

踏出人间康富路，蹉跎岁月一肩担。

二

胡家有个好儿郎，率领村民奔小康。
一担湖泥一肩草，至今犹带米鱼香。

三

岁月悠悠扁担长，赤湖又忆铁肩膀。
星辰日月肩头挑，挥舞银锄种稻粮。

大桥铁肩膀纪念馆

张诚晓

早挑日月晚星辰，铁打肩膀一代人。
故事情怀天地立，湖山处处见精神。

赞胡华先

徐勋光

一

肩膀如铁步如风，换取湖山绿几丛。
一代精神彪史册，今人谁不忆胡公。

二

湖草湖泥润水乡，棉田故事永思量。
一支扁担惊天地，挑进人民大会堂。

参观"铁肩膀"展馆

杨世龙

一

那时岁月不忍看，衣不遮身饭缺餐。

唯有胡公舒胆气，敢教瘠土稻棉繁。

二

千根扁担万竿锄，大吼三声下赤湖。

捞起肥泥盖山体，棉花痒得笑咕咕。

三

一代人干三代事，树身长大好乘凉。

如无前辈沥心血，哪得今天谷满仓！

后 记

　　瘠薄的红壤，贫寒的村民，穷苦的村貌，这是昔日大桥人生活的真实写照。在"领头雁"胡华先的带领下，大桥人发扬愚公精神，凭着"一根扁担，两个肩膀"，战天斗地，开荒改壤，移山填湖，兴修水利，夺取棉麦双高产。棉花白，俏枝头，麦穗黄，铺满地，誉满全国的"铁肩膀大桥人"丰收的喜悦挂在脸上。

　　新中国成立七十余年来，"祥瑞昌盛"的瑞昌市迎来了飞跃发展的春天，"工业强市"的战略部署让瑞昌市昂首阔步迈向全省重要的工业县域。在新时代高速发展的今天，中共瑞昌市委、瑞昌市人民政府审时度势，决定重磅打造"铁肩膀"党建文化，让全市党政机关和企事业单位干部职工、广大市民、青少年都来学习"铁肩膀"党建文化，以助推瑞昌各项事业朝着更好、更快的科学轨道奋勇前进。

　　中共瑞昌市委宣传部负责牵头、瑞昌市文联具体承担编写《瑞昌"铁肩膀"》一书的任务。在前期多方调研、广泛征集各方意见后，确定采写对象。2022 年 6 月，从社会各界抽调精干力量成立了写作专班。

　　专班成立后，各方人员克服采写困难，自觉加班加点，投入紧张的工作之中。经过多次磋商，拟定了本书的提纲，决定以时间为轴，具体叙写"铁肩膀"的"昨天、今天、明天"，因而有了"'铁肩膀'改变了山河面貌""'铁肩膀'担起了祥瑞昌盛""'铁肩膀'托举着美好未来"这样三个时间维度，体现了鲜明的时代主题。

在"铁肩膀"模范人物选取上，我们更是多方商讨、慎之又慎。重温了全国劳动模范胡华先及大桥劳动模范群体的感人事迹后，精心挑选了自1978年以来获得党中央、国务院及各部委，中共江西省委、江西省人民政府表彰的典型人物代表，他们中有工人、农民、企业家、警察、医生、教师、护士、非遗传承人、乡村医生，有巾帼文明岗代表，有'人民满意的公务员'，还有红霞满天的老年工作者优秀代表，可谓群英荟萃。

拟好了提纲，确定了人选，接下来便是落实分工、走访先进、撰写初稿……经过3个月的努力，2022年9月底初稿出炉。随后，中共瑞昌市委宣传部组织全市相关单位对"铁肩膀"式人物再次摸底，在上报的近百位表彰名单中，再次确认采写对象。2022年10月底完成了第一次集体审稿，2023年3月至5月又组织编委会进行两次审稿。

历时近一年的努力，《瑞昌"铁肩膀"》终于编纂成书付梓，可喜可贺！编写过程中，全体编写者不计得失，认真查阅资料，登门走访采写对象，力求真实客观地记述、还原英模个人的成长历程。编纂工作得到了中共瑞昌市委、瑞昌市人民政府主要领导的关心和支持，得到了社会各界的大力帮助，得到了百花洲文艺出版社编辑老师的悉心指导，在此一并表示感谢。

由于篇幅有限，时间仓促，以及历史资料存档疏失，以致不少英模的先进事迹和获表彰人员的名单无法收录书中，恳请海涵。加之水平有限，疏漏之处在所难免，敬请读者不吝赐教指正，以待今后修订时补充完善。

《瑞昌"铁肩膀"》编写组

2023年6月